方洛洛

作品

我为什么不结婚

你要好好爱/自/己

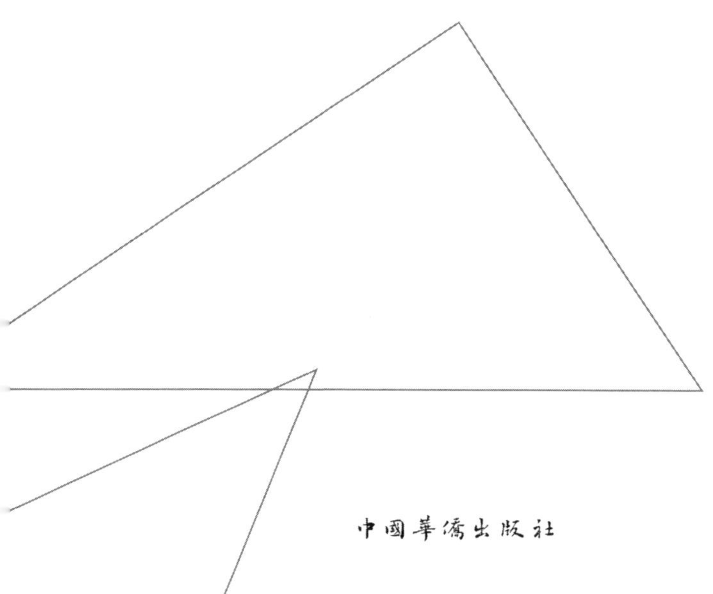

中国华侨出版社

图书在版编目（CIP）数据

我为什么不结婚 / 方洛洛著. — 北京 : 中国华侨出版社, 2016.6

ISBN 978-7-5113-6094-6

Ⅰ. ①我… Ⅱ. ①方… Ⅲ. ①访问记 - 作品集 - 中国 - 当代 Ⅳ. ①I253

中国版本图书馆CIP数据核字（2016）第123474号

我为什么不结婚

著　　者：方洛洛
出 版 人：方鸣
责任编辑：月姝
封面设计：罗鋆
经　　销：新华书店
开　　本：880mm×1230mm 1/32　印张：7.25　字数：136千字
印　　刷：北京嘉业印刷厂
版　　次：2016年7月第1版　　2016年7月第1次印刷
书　　号：ISBN 978-7-5113-6094-6
定　　价：36.80元

中国华侨出版社 北京市朝阳区静安里26号通成达大厦3层　邮编：100028
法律顾问：陈鹰律师事务所
发 行 部：（010）82068999　传真：（010）82069000
网　　址：www.oveaschin.com
E-mail：oveaschin@sina.com

如发现图书质量问题，可联系调换。质量投诉电话：010-82069336

序

幸福跟结婚没关系

方洛洛

很多人问我：“你是一个不婚主义者吗？为什么要写一系列‘不结婚’的真人故事？”

我不是不婚主义者。我认为“结婚”和“不结婚”是每个人可以自由支配的权利，没有哪一种更高级，更没有哪一种该被嘲笑。

可惜在当今的舆论环境里，单身的人都被虐成了“狗”，一旦过了25岁，单身“狗”就会被父母催婚；临近30岁，远亲近邻都开始操心你的婚配问题；过了30岁，打着关心旗号的警告声和诅咒声更如滔滔江水连绵不绝：别再挑了，能有个人愿意和你结婚就不错了，还要什么要求啊！这么大年纪还不结婚，将来有的苦啊，老了也没人伺候你，多可怜！

许多人正是在舆论的恐吓之下，仓皇地逃进婚姻里避难，而不是真正地想嫁（娶）一个人。这让我想起一部叫《龙虾》的电影，片中的单身者是有罪的，他们被送进配对中心，需要在45天内找到有共同特征的人结婚，否则会被变成动物。男主角的哥哥因为没有在规定时间内配对成功，真的变成了一只狗。如果不想变成动物，只能逃进森林生活，那就意味着成为被追杀的叛逃者。在变成动物和被追杀的双重夹击中，不少人会假装相爱并结婚。

《龙虾》的故事恰如其分地影射了现实，堪称当今的婚恋寓言。虽然现实生活里没人规定单身人士要在45天内找到伴侣，但年龄却是一个紧箍咒，尤其对女性而言。

“女人一旦过了30岁就不值钱了，高龄产妇连生孩子都费劲。”整个社会都在用这种危言耸听的言论吓唬大龄未婚女青年，让她们在“不值钱”和“生不出孩子”之前把自己嫁掉。

更可悲的是，父母对单身子女的围剿。在《凭什么下结论我是剩女，你又不是上帝》中，我的采访对象小杨就深受父母的逼婚之苦。有一天早晨，她睁开眼睛发现自己床头多出了一张陌生男女的结婚照。她正纳闷呢，她的母亲走过来说：“我昨天参加一个婚礼，这是人家的结婚照，你看看，多幸福的一对夫妻啊。我把这张照片摆在你床头，是想让它鼓励你。”小杨的母亲一边念叨着完了，你没有竞争力了，一边又说，你别等到我死了还没看到你结婚啊！

勾勾是我的朋友，也是《不改变心态，嫁给谁都不会幸福》的口述者，她的母亲为了她的婚事到处求神问卜，还差点儿被某位“大仙”骗去上万块钱。母亲担心勾勾孤独终老，无依无靠，甚至让勾勾随便找个人结婚，哪怕生完孩子再离婚都行。

生活中，“不结婚的人是不幸福的，结婚的人才是幸福的”不正是许多人根深蒂固的观念吗？因为担心自己错过幸福的班车，有多少人上错了车？

《婚姻可能是灵药，也可能是毒药》中的口述者小奇就曾上错车。早在结婚前，她的前夫就表现出了种种不适合结婚的迹象，但当时的她却天真地认为，婚姻是解决一切问题的灵丹妙药，只要结婚了，他肯定会变得成熟、靠谱。结果，小奇的婚姻非但不是灵药，反倒成了毒药。

一个人幸福与否跟他是否结婚没有关系。幸福是一种能力，拥有这种能力的人，无论是单身还是结婚都会幸福，而没有这种能力的人，无论未婚还是已婚都不会幸福。

有个姑娘曾跟我说，我也不想结婚，想过自由自在的生活，可我的经济生活怎么保障呢？我告诉她：一个人连自己衣食住行都需要依靠另一半，是不配获得自由的。想要获得幸福，首先要成为一个独立的人，能对自己的生活负责，而不是指望别人对你的生活负责。其次，是成为一个强大的人，无所畏惧地活出自己的精彩，而不是过着被别人写好的剧本生活。

目

录

C O

N T E N T S

FRE___

希望有一天我嫁了，

是因为爱情。

她确实比一般姑娘大了一号，但那圆滚滚的身材并不给人笨重臃肿之感，反而有些风姿绰约的风韵。她的模样也生得甜美可人，皮肤白得透亮，眼睛又大又亮，睫毛扑闪扑闪的。“我要是穿越回唐朝，就是能使六宫粉黛无颜色的杨贵妃，”小杨说，“可惜生不逢时，落到了21世纪的中国啊！”

“听说你的相亲经历就跟段子似的？”我问。“可不嘛！作为一个单身女青年，我每天活得都像一个笑话。哈哈哈哈哈……”她发出爽朗的笑声，紧接着，她像脱口秀演员一样讲了一个又一个故事，她那富有感染力的语言犹如一串串响亮的炮仗，直击当今社会的婚恋现象。

口述实录：

我今年30岁了，还没结婚。我周围的人不是忧心忡忡就是虎视眈眈，要不就是幸灾乐祸，就这仨词儿。但我去国外，人家会说：“天啊，你看起来好年轻！单身多好啊，这有什么可着急的，你会等到那个人，等不到也没什么啊！你才30岁，享受生活吧！”

我也会跟周围的亲朋好友说：“你看我过得多开心啊，我吃得好，玩得好。我还在盛开，在绽放。”我越这么说，他们越觉得：你看，死鸭子嘴硬。装成特好的样子，就怕别人瞧不起她，30岁的未婚女人多惨！

我妹妹25岁结了婚。结婚前，她在宾馆堵到她的未婚夫和单位同事开房。她哭着说，我25岁了，我老了，我来不及再找一个人了，这个男人已经给我买房了。最后他们结婚了，现在还生了一个孩子。我妹妹觉得自己很幸福，对那段往事，她绝口不提。她说："我相信他们去宾馆开房，就是去聊天，没干别的。"然后她来揶揄我说，"姐，你都这么老了，就别挑了，谁愿意娶你，你就跟谁吧！"她觉得我太可怜了，可我觉得她比我可怜一百倍。

我觉得现在的社会有种很扭曲的观念：女人一到30岁就不值钱了，是婚恋市场的赔钱货。很多时候，我相亲，介绍人说我30岁了，对方就会说，年龄有点儿大了，或者是，那女孩肯定特别想结婚吧，这让我有压力，还是算了吧！虽然他可能也30岁了。

我有一回相亲，男的37岁，他不知道我实际年龄，直接跟我说："30岁的女人，那不就成小老太太了嘛，我不愿意找年纪这么大的。像你这种二十五六岁的正好是适婚年龄。"我跟他说："不好意思，我30岁了。我很欣赏你这种的，一个年轻的，我觉得人都挺好的。你要是不想结婚呢，我们也不逼你。”

我爸一边说，完了，你没有竞争力了，一边说，别等到我去世了还没看到你走上红毯呢！他们有时候会给我介绍那些气质特别猥琐的人，我说不行，这对我简直就是一种侮辱，我爸妈就说：“是你自卑吧？你觉得别人看不上你吧？”我说：“你怎么觉得我和这个男的合适啊？”他们就说：“他有车有房是单身，你也是单身，这就可以了啊，你还有什么可挑的啊。你已经30岁了啊。”

我觉得嫁人是一种选择，不是说我站那儿，谁来领我走，我就得跟谁走啊！可我爸妈认为：女的就是被选择的，你足够好就会被选走，你没被选走就证明你不够好啊，问题就在你身上！

我今年过年打算出国玩，不参加我们家的家族聚会了。因为新年一到，大家举杯说“新年快乐”的时候，我家的这些亲戚啊，放下杯子就会说：“哎，你看我们家所有孩子都这么听话，早早结婚生孩子了，就差你了！”上回真给我说急了，我就说：“如果明年我还不结婚的话，是谁活不了还是日子过不下去了？如果对你没有造成这样的影响，那我还有权利单身；如果你要说我不结婚你就活不下去了，日子过不了，我马上随便找个人就嫁了，我看不了别人为我受苦！”

我不明白我未婚对他们有什么影响？我从来不去打扰他们的生活，也从来没有在他们面前炫耀我的生活。我到底做了什么以至于你要来干涉我的生活？你来评断我，你是我什么人啊？你凭什么下结论我是剩女，你又不是上帝！

我跟我爸妈说：“你们天天在别人面前数落我的不是，让他们觉得有权利来揶揄我，我也嫁不出去。如果你们在旁边说，嫁不出去有什么的，开开心心的就行。虽然我还是嫁不出去，但我心情会好一点。下一次，别人不敢再这么来揶揄我，别人知道他们说的话不能让我难过了，不能显示他们的优越感了，就会闭嘴了。”但我父母根本做不到。

我的那些舅妈会不停地给我妈传大孙子的照片。我现在越大越觉得不要为这些无谓的人际关系消耗。你对我没有价值，没有意义，我不要去看你的朋友圈。你也不用给我发消息。我跟我妈说：“我舅妈这么跟你显摆，你也嫌烦，对不对？你烦了就来我这里施加压力，你图什么呢，你就不要看了！”

很多人都爱计划，说我什么时候结婚，但你对自己的计划，和命运对你的计划是不同的。我觉得结不结婚有时候是一种命运。我之前交往过一个男朋友，他满足我对男人和爱情的所有幻想。他是中东人，在北京大使馆工作，是个军事官。他父亲是银行家，母亲是大学教授，哥哥是律师，姐姐在剑桥读书。他从小生活在英国，比我小6岁，我们是通过Instagram（一款可随时抓拍图片进行分享的移动应用）认识的。那会儿，还流行线下活动呢，我们俩在同一时间、同一地点，拍了同样角度的一张照片。我们开始用We Chat（海外版微信的称呼）聊天。聊了有四个月，我才给他我的电话号码。后来我问他："你为什么不放弃呢？"他说："我喜欢你就是要追你，就是要勇往直前，直到追到你为止。"

我们在一起后，生活上都是他照顾我，他会给我做饭，我们去超市买东西，他从来不让我拎。他说我是男人，我不愿意看见我的女人拎那么重的东西，他甚至会蹲下来给我系鞋带。虽然他的国家可能有点男尊女卑，但在我能接受的限度里。我觉得他父母给他的教育就很好，他父母从小就告诉他：你要保护女人，你要照顾女人。他送我很多贵重的礼物，但他说两个人在一起就是要分享。但很多中国男人就没有这个观念，他们给你买东西，会算计，心里有一笔特别明白的账。他们要计较成本付出，怕吃亏。因为大部分中国妈妈对自己儿子的教育是：你可别吃亏，你可别被骗了，你得找一个能伺候你的、能干的媳妇。

现在这个社会太强调男女平等了，但从生理上讲，男女确实有别啊！但越来越多的男人已经意识不到这一点了。他会跟你说，男女平等啊！你可别想着我要负担家用，凭什么这个重活、累活就应该是我做啊？男人越来越没有男人的自觉了，这个特别可怕。比如我有时候相亲，如果对方觉得我漂亮，就会请我吃好一点的；如果对方对我的外形不满意，那就在肯德基喝杯水吧。这个落差很明显。

但外国男人是享受这个过程。我和他后来也谈婚论嫁了，房子也买了，但一查他们国家的法律，我们的婚姻是不被允许的。跟咱们国家一样，军队的人是不能娶外国人的。我也通过一些人查证了，他确实没骗我，他在军队有些地位，要是娶我的话，他的前途就都毁了，他的家族声望也全毁了。他还很年轻，我不可能要求他为我做这种事。他成无业游民了，我们也就无法生活了。

我们分手后，身边很多人冷嘲热讽：你看她找这么一个像王子一样的人，对她又好，天天带她出国玩，你看她过得多好，但怎么样，人家玩了她还是把她甩了。连我爸妈都觉得人家把他们家闺女骗了，我们分手后，我爸妈都大病了一场，比我还痛苦。但事实上，我身在其中，一点都不后悔，这个爱情完全是我想象中的爱情。就算我们没能在一起，这两年对我来说，也特别值，虽然可能心中也有小小的失望，因为最后没有一个好的结果。

我们是去年分手的，爸妈觉得我跟他在一起浪费了两年青春，我就说，你们老说我跟他浪费了两年，那是金城武还是吴彦祖在后头等着我呢？

“你跟别的女孩不一样，你的心特别明亮。虽然有时候疯疯癫癫的，但特别有活力。好多中国女人没有生命力，总是乖乖的。你就圆滚滚的，但有感染力。”这话是我前男友说我的，在他之前，从来没有一个中国男人这么评价我，从来没有一个中国男人看到我这一点。我在中国女孩里绝对算胖的。但他说，我喜欢你啊，你就做你自己最棒了。

你知道好多男人有一个根深蒂固的观念：女孩一定要瘦。胖真的好丑，他们发自内心地这样想。我去相亲，有的男人会当面说我胖，有的之后会跟介绍人说。他们的意思就是：这个女孩还行，但是有点胖，只能当备胎。说真的，男生这么想我能理解，但是你把胖瘦当作唯一的指标去判断一个女人，是我不理解的。我也想减肥，但我减肥是希望自己高兴、健康。

我前男友曾跟我说过：他不懂，为什么中国大街上那些女人都长得一样，尖脸，有点模范儿那种。他后来说：他发现好多中国男人只喜欢这么一种女生，就是长得像范冰冰那样的。这个长相的女人在中国就是很有市场，男人也不会管这个女孩的内心是不是丰富，我身边有些姑娘，整成那样，马上就嫁出去了。

好多中国男人的审美特别狭隘，也特别愚蠢。我不是说一定要选择我啊，但你后半辈子的选择，应该是一个快乐的人，而不是一个无趣的人。只是因为她胖了十几斤，就被pass了，不再去了解这个人，这太蠢了。我觉得我也没有胖到一走进来，你就觉得：哇，这个大胖子！我也没到别人接受不了的地步啊，所以我就有点想死磕了，我就想看看，到底能不能遇到一个不介意我胖的男人，如果他不介意，那就是真爱了。我会有这种侥幸心理，但相亲很多次，我发现，不要对男人抱有这种侥幸心理。

如果一个注重管理自己身材的男人来和我相亲，认为我胖啊，我可以接受，但很多男人不洗头，浑身臭烘烘的就来了，还觉得自己有权利要求一个女生肤白貌美、身材苗条，你说人家姑娘能看上你吗？我前男友也让我减肥过，因为那会儿我走楼梯都喘，他说这样对身体不好，咱们俩每天一起跑步吧！他不会说，你胖了、你丑、你丢脸。他会想着给我做健康的沙拉，陪我跑步。

我其实是想结婚的，也想要小孩，因为我想安定下来了。我不奢望再找到像我前男友那样的男人了，但肯定也要找一个心地善良的男人，不是那种一上来就是一副老子可不能吃亏模样的。我跟一个男的相亲去必胜客，我点了一杯可乐，他说："你别在这儿点可乐。这儿的可乐贵，你去旁边小卖部买便宜。"我觉得这跟情商低没关系吧？这就是人品问题。他吝啬，当然他对他自己也这样，他就点了一杯免费的水！你说这么吝啬的男人懂得爱一个女人吗？懂得对一个女人付出吗？不可能。

现在好多男的就爱用穷说事。他们认为自己找不到对象是因为像媒体宣传的那样：因为我不够有钱。其实不是那样的，他们自身有太多问题了。我觉得，穷，可以，但不能穷酸，你不能把穷当成一个包袱，天天抖。比如你女朋友被人打了，你不去保护她，你说，因为我穷。你穷，也没见你给老人、孕妇让座啊？你穷，也没少见你在餐厅里对服务员吆五喝六啊！你天天说自己穷，是因为你只剩下穷了。我有一个朋友嫁了个没钱的老公。她想要一架钢琴，老公买不起，就自己用亚克力板做了一架钢琴给她，真的能发出声音。这种礼物比花钱买一架钢琴都让人感动。人家不拿穷说事，小日子过得也挺好。去餐厅，就找优惠券；去旅游，挑便宜的旅行社。这不也挺好嘛，所以别老拿穷说事儿。

你说女人结婚图的是什么啊？我希望有人能够和我手拉手，一起面对今后的人生。但就是这个要求，我很多朋友就跟我说，你的要求太高了。结婚就是你日常生活中，旁边有个喘气的。我的一个朋友，她长得胖了一点，就胖成我这样吧，有一次，她老公的朋友来他们家做客，跟她老公说："哎，厨房那女的谁啊？"她老公说："我老婆。"那人说："哎哟，她怎么胖成那样了啊。"她老公是个特别要面子的人，就跟她大吵一架，说："我告诉你，我以后要是有外遇，你可别怪我，这都是你逼的。你太胖了！"她说："我如果瘦不下来，你就找外遇，是吗？"她老公说："对，因为我看你恶心！"但过了两天，她和她老公又和好了，去日本玩了。她跟我说："婚姻得互相包容，这叫大爱。你为什么找不到啊，就是太挑了。"

这种大爱我真看不懂。我给你说一个笑话，甲说：你最近找男朋友找得怎么样了？乙说：还没找到呢。甲说：一定是你要求太高。乙说：其实我哪儿要求高了，男的、活的就行了。甲说：看，还是要求太高了啊，长得像男的就行了！

我现在的状况就是：如果老天爷给我，让我能遇见那个人，我开心；如果老天爷不给我，我遇不到那个人，我就一个人坦然地、从容地生活下去。

嫁一个人的损失太大了

受访者：沙沙

性别：女

年龄：34

职业：翻译

采访手记：我和沙沙认识快十年了，一度是亲密的同居室友。那时候我的生活经验几乎为零，甚至连炒菜之前需要先把油烧热这样的常识都不懂，她不但教会了我放油，让我分清了生抽和老抽的区别，还让我学会了一道制作简单、味道超赞的招牌菜——肥牛金针菇。

沙沙是个翻译，她大学时主修英语，毕业后自学日语并通过了日语一级考试。她不光精通中英与中日翻译，还能在英语与日语间转换自如。她的爱好很多：读书、看漫画、打游戏、唱歌……最近她迷上了画画，还专门报了一个网校，学习画花鸟鱼虫。“我喜欢的东西，一两年都看不出效果，在别人眼里也都是浪费时间的，但我自己开心最重要了。我不是爱攀比的人，我希望无论什么时候评论自己，都不会想回到过去。现在的自己就是史上最喜欢的自己。”沙沙说。这是我最欣赏她的一点，她永远追随着自己的内心而活，不人云亦云，在她的字典里从来没有“来不及”三个字。她曾经有过一段短暂的婚史，那段失败的婚姻没有让她变成怨妇，反而让她明白了很多事，比如，她比从前更确定：她喜欢并适合一个人的生活。

口述实录：

一个很有中国特色的事情是，孩子一旦二三十岁了，全家都会出动“歼灭”他（她）的单身身份。那些长辈们就没有别的事情可干了吗？你算一算，儿女二三十岁的时候，他们正是五十来岁的时候，五十来岁在从前是知天命，现在属于中年，正是年富力强的时候，他们本来应该有自己的规划，可他们却全身心地投入到了轰炸子女的单身身份中。

中国的婚恋观最畸形的一点是：自己想要的也一定是别人想要的。总有那么多的“好心人”来劝我去达到他们心目中的理想生活，但他们从没问过我，那是不是我想要的。对大部分人来说，妻贤子孝是他们眼中的幸福生活，可对我来说，每一天有足够的时间做自己想做的事才叫幸福生活。

时间是一个人最重要的财富，因为它不偏不倚，它给每个人都是24小时。一个人想成就某些事，跟他投入的时间和精力都是成正比的，但周围的人际关系，会消耗一个人很多时间。

尤其在中国这个环境，结婚会造成一大群本来没有权利干涉你婚姻自由的人来大肆掠夺你的时间。在你不想被打扰的时候，他们会理所当然地登门拜访，甚至不会事先跟你打招呼。

大部分人是接受这个设定的，接受了结婚本来就是这样，但是对我来说，却要反问为什么呢？对我有什么好处呢？我为什么要这样？有人说结婚代表幸福，但如果幸福是我珍惜的事情一件也做不成，那幸福到底是什么？

我谈过最久的一次恋爱有七八年。我不知道为什么会跟他在一起那么多年，明明价值观相差那么多，到底喜欢他什么呢？跟我分手后，他就结婚了，“嫁”给了他们单位霸道总裁的女儿。我最后悔的是，当时明知道不适合，就因为在一起时间长了而不舍得分手。

我们在一起时，我在学日语。吵架的时候，他会摔我的日语书，说：“你学这个破东西有什么用？”那时候，我虽然没有钱，但也梦想着开一个咖啡书屋。我们住的地方附近有一家咖啡店在招店员，我想去学一学，可他觉得这不是正当工作。他眼里的正当工作是医生、护士、老师。我后来发现，甚至我的翻译工作在他眼里也不是正当工作。

他完全阻碍了我的发展，一切我想做的事情，他都觉得没有意义。回想起来，当初他觉得没意义的事情，我坚持做的都觉得值得，我妥协了没去做的都觉得惋惜。当然，后来我也都补上了，但毕竟浪费了那么多年的时光。用时光来补时光，是怎么补都赔的事情。

我早就隐隐约约地意识到婚姻不是我想要的生活，但那时年纪还小，态度也没有现在这么坚定。为了让周围的人闭嘴，我还是结婚了。跟我结婚的人，在跟我结婚之前，表现得还像是那种不会对我的生活造成什么麻烦的人。我当时的想法是，即便结婚也不会太大程度地改变自己的生活节奏。

但实际上，这种想法太天真了。

结婚之后，我做了自由翻译，在家办公。可有时候，翻译稿要得比较急，我就没办法为家人准备午餐或者晚餐了。这在我当时的老公和婆婆眼中，简直太不像话了。类似的事情还有很多……我迫不及待地把婚离了，人家结婚时在民政局发喜糖，我离婚的时候，也恨不得给民政局的工作人员发喜糖。

二三十岁的年纪是投资自己的最好年华，我们本来可以做活得丰富多彩的年轻人，这样的活法也算是某种意义上的成功吧，可一旦你结婚了，评价你的标准就变了，比如你是不是一个好的妻子？是不是一个好儿媳？甚至是不是一个好妈妈？而这个好与不好并不完全取决于你，很多时候，你把该做的都做了，仍然没法让对方满意。

结婚让你从一个自由人变成了一个不自由的人。就拿我学画画来说吧，每天下班回到家，吃完饭，收拾完，差不多9点了，我给自己剩下2小时的时间画画。但一起学画画的已婚朋友，她们面临的状况是连半个小时都挤不出来。

不结婚的话，除了准备自己的一日三餐之外，或者画画，或者看书都可以，这在一般人眼里，还算积极的生活方式吧？可一旦结婚，你一个人在屋里画画、看书，就是不搞好家庭关系。甚至你想多花点时间完善自己，多学点东西，在婆婆或老公眼里，都是不务正业，他们认为，你花好几个小时去做一顿饭才是一个合格的妻子和儿媳该做的事。

我毕竟是特例，不是每个人都喜欢一个人过日子。退一万步说，我也不是那么绝对地不需要一个人来陪，但是要把时间用在做饭、搞好家庭关系上，我不舍得，我不愿意有这种投入。可能有人会说，你这是婚姻失败了，才这么说。人就该在什么年龄干什么事，要不这么做就是逃避责任！那我就想问，是谁规定二三十岁的女人就必须要承担这些责任？再有一点，是不是说二三十岁的女人不结婚就影响人类发展、科学发展、社会进步呢？相反，在一些发达国家，一些晚婚的女人对社会的贡献才比较大。

如果一个人活在世界上，只能对一个人负责的话，那么这个对象只能是自己。完善自己难道不是承担责任吗？现在好多人，把自己的幸福寄托在恋人身上，把自己的未来寄托在孩子身上，那么问题就来了，你自己来到这个世界到底是干什么的？好多人自己喜欢的事情不去做，只是满足父母的梦想，多痛苦。更奇怪的是，你实现不了自己的梦想，痛苦了，还去阻止那些想去追求自己梦想的人！

我现在坚定地知道什么样的生活适合我，只有结婚后依然是我喜欢的生活节奏我才会结婚，所以，选择结婚还是不结婚并不是最重要的，最重要的是选择我喜欢的生活。

跟自我实现相比，结婚实在太轻了

受访者：黯

性别：女

年龄：29

职业：自由撰稿人

采访手记：黯是我认识的文艺青年中文艺腔颇浓的一位。从她的名字就可见一斑了吧，黯，而不是更接地气的“暗”。她的衣服基本上就是黑、白、灰三色，裙子总是长及脚踝。她从来不看娱乐节目，旅行时，喜欢逛孤独的窄巷，或是独坐在小河边发呆。别人的朋友圈都是接地气的吃喝玩乐，她的朋友圈里却是文艺到底的心情随笔：“月亮白且凉。一片厚墩墩的白云正好铺在和平门附近的半条巷子上。”

这位文艺青年刚“出道”时是一家房地产公司的文案，天天挨老板的骂：“也不能怪你们写不好，你们连别墅都没住过，怎么能写出那种尊贵的感受呢！”她后来跳槽到一家杂志社，写起了明星与名人访谈。因为写得好，有的明星甚至在接受其他杂志采访时，直接跟编辑说：“我希望由黯来采访。”虽然工作风生水起，但29岁的黯却并不满足。面对父母的催婚，她淡定地说：“我现在没空去想结婚，最让我焦虑的是……”让她焦虑的是什么呢？

口述实录：

有一次，我和一个同行聊天，作为两个文艺女青年，我们有很多共同语言，基本上她说什么，我都认同。后来我们聊到所谓的女文青通病，其中就包括总觉得自己和别人不一样。她当时说了一句话：“其实到后来会发现自己和别人都一样。”我心里“咯噔”一下，因为到现在我还觉得我和别人不一样。

那种不一样也不是说自己多高傲，而是不忘初心。很多人年轻时有抱负，走向社会后慢慢变成了没抱负的随波逐流之人，但我没变。我不知道他们为什么会变，也不是说变成这样有多糟糕，你生而为之什么样，照这个劲儿走下去就是了。每个人总得找到自己最舒服的存在方式，比如有的人觉得结婚生子，安稳生活最舒服，当然也很好啊。只不过，这对我的吸引力不够大。我一直觉得自我实现是最重要的，我从来没因为爱上一个人而觉得这件事不再重要。马斯洛需求原理将人的需要分为生理需求、安全需求、社交需求、尊重需求和自我实现需求，自我实现正是最高的一种需求。

如果我一直专注自我实现，最后没能找到另一半，也值了。我不知道为什么会这么想，就是觉得值，这个想法可能还挺男人的吧！与“嫁不了人”对我造成的困扰相比，“最后什么也没干成”给我的压力更大。

所谓“自我实现”长期来说是对“一事无成”的一种恐慌吧，就像《老爸的单程车票》里的那个老头，临死了觉得自己什么也留不下，光泡妞了也还是没泡好。这个恐慌是最大的，跟它一比，什么结婚啊，恋爱啊，这些都太轻了！

你也可以把“自我实现”看成“自我完善”，人的很多焦虑都源于自己并不如自己想象中的好。所以让自己越变越好也是某种程度的自我实现。我认识的一个姑娘，号称完全不能接受任何心灵鸡汤，但在看韩剧时，听到“只有当自己越变越好才会遇见更好的人”时，顿时泪流满面。

现阶段我心里紧迫的是工作。我的焦虑非常具体，就是怎么让自己写得更好。这件事完全盖过其他事。虽然我一直在跟大刊合作，之前写明星也已经写到了封面，可我并不享受这件事，还是觉得没有“自我实现”。我想要从一个写明星的人变成一个写特稿的人。

我希望能够写出一篇特别牛的特稿。很多年前，我就买了《大地孤独闪光》，李海鹏的特稿集，我当时看的时候就想，这个写得好吗？为什么好呢？说不上来，但现在每一次看就知道好在哪里、要学些什么，这算是一种进步吧。但是你认识到什么样的是好与你能写出好的，这之间还是有距离的。所以有时候难免会焦虑，毕竟把好东西转化成自己东西的过程有点慢。但我对自己说，着急也起不到正面作用，还是踏踏实实写吧！

如果现在考虑结婚的话，后面会产生很多不可控的东西。比如我现在非常不愿意生孩子，我觉得自己还没自我实现呢，生什么孩子啊。一旦结婚了，我就会面对四五个人甚至更多人逼我要小孩。而不结婚的话，后续的这些事就没有了，就被掐断了！

我有三个关系很好的大学同学，有两个已经结婚了。其中一个跟我说，她特别害怕成为他们办公室一个女同事的样子，那个女同事把为自己的女儿做一顿饭当成人生最大的追求。另一个半夜跟我说，受不了自己的婆婆，完全没办法和婆婆相处，感觉还是一个人过的时候轻松。我跟她说，你想的还是你自己，你并没有为家庭真正地付出。

很多女孩结婚的时候挺草率的，她们很容易因为一个男人对自己不错就嫁了，但婚后会一直纠结，在内心盘算，这个人对我的好值不值得我跟他在一起，但如果你真的爱一个人，即使你们之间遇到了问题，你也有动力去寻求解决问题的方法。

我今年29岁，是别人口中的“大龄剩女”，但我从不觉得大龄有什么问题，只是有一天我忽然意识到一个社会现实：我这个年龄的女性在所谓的婚恋市场上的确处于劣势了，但那又如何呢？

我采访过优米网创始人兼CEO王利芬，她讲上大学时，有的男生说她：“你这么凶，这么不女人，怎么嫁得出去

当然了，作为一个人，无论是男人还是女人，总会有渴望亲密关系的时刻。我也曾为没有稳定的情感而痛苦过。那时候我毕业几年了，感情状态一直是飘浮的，只有一些暧昧的感情，让我找不到着力点。有一次跟单位去日本（团队建设），一天晚上，我坐在酒店里，特别绝望，感觉这个世界和我没有关系，因为没有人跟我有亲密的关系，我当然可以打电话跟朋友说，但那种感觉还是空虚的。

后来我终于有了一份稳定的感情，我们在一起两年，感觉很踏实，可我又开始惶恐，因为我发现自己虽然幸福，但变得麻木了，对外界不再敏感，我的进步和成长都变慢了。而在遇见他之前，那种不稳定和痛苦让我非常敏感，让我对世界、对人，都保持了特别开放的状态。

前阵子，我采访一个刚结婚的女明星，我非常喜欢她，是她的粉丝。我为她结婚感到高兴，但同时，又为作为演员的她感到遗憾，因为她太幸福了，幸福得眼睛中再也没有昔日那种奋力向上的光芒。

陷在幸福中的很多明星都是这样，因为太幸福，整个人都有点泄气。林奕华就说，刘若英结婚后，《红娘的异想世界之在西厢》再也没办法复排了。刘若英在这部话剧里的第一句台词就是“我想我真的是嫁不出去了”。她现在结婚了，这句话再也没办法产生那种共鸣了。

我并不是说幸福不好，而是幸福意味着稳定，而最催人向前的往往是不确定性，不确定性才会让你摸索着前进。不结婚其实也是保持一种不确定性，不确定性本身是痛苦的，但又是非常迷人的。

结婚是一道选择题

受访者：冰棍儿

性别：女

年龄：30

职业：环境工程研究

采访手记：冰棍儿是我的采访对象中学历最高的一个。她在美国加州做博士后，专业是环境工程。她自嘲："在亲戚眼中，我就是扫大街的。"我跟她的缘分始于一封来信："我也是个被社会痛恨的'大龄未婚女青年'，不过所幸，能够生活在国外，可以过舒服的日子。但是每次回国，都会被人用质疑 + 鄙视 + 可怜的目光所包围。更会有人质疑我的性取向！ 但是，我有个很好的男朋友，我认为结婚不是人人都需要的。”更巧的是当时我正计划着去加州旅行，于是我和冰棍儿很快敲定了见面时间。

见面前，我对冰棍儿的想象是手无缚鸡之力、整天闷在实验室里的技术宅女。可当我们最终在洛杉矶的一家花草茶馆见面时，我看到的却是一个皮肤黝黑的金刚芭比。冰棍儿竟然是个户外达人，她在美国科罗拉多大峡谷露过营；在死亡谷国家公园看过浩瀚的繁星；在优胜美地国家公园攀登过Half Dome（这是该公园最著名的一个巨大花岗岩岩石，海拔近3000米，攀登需要提前申请）……更让我感动的是，这位金刚芭比博士后的成长故事：她并非根红苗正、一帆风顺地茁壮成长成今天的模样。事实上，在蜕变前，她经历了许多不光彩的事，但这些不堪回首的往事却让她一步步地摸索着找到了现在的自己。

口述实录：

我在北方的一个小县城长大，虽说念了大学，但应试教育下的孩子，总是别人说啥就是啥。因为从未出过远门，没和外界沟通过，思想自然也落后得不行。本科毕业后，我理所应当地认为父母、亲戚说的就是对的，要赶紧找对象结婚。

经人介绍，我很快认识了一个有房有车、家境不错、看起来也靠谱的男人。我当时还很幼稚地认为自己交了好运，竟然遇到一个条件这么好的男人。那时，我在南方念研究生，计划着一毕业，就回到我们的小县城找工作、结婚。可我和他异地交往刚半年，就觉出不对劲了，比如他不接电话、不回短信，好不容易接电话了，也说忙，立马就要挂电话。我当时傻，完全不了解男人，总是自己骗自己说，他肯定是太忙了。

不过慢慢地，我也差不多知道我们没戏了，但我是不撞南墙不回头的人，不是不想回头，而是需要南墙帮助自己转身。一放寒假，我就赶回去找他讨说法。没想到他还是不接电话、不回短信。在北方冬天的寒风中，我从下午3点等到凌晨，他都没有出现。我怕爸妈担心，当晚找了家宾馆，挨到第二天才回家，装作什么事情都没发生。

后来我才知道，原来他家又给他介绍了个女朋友，他们相处得不错，都订婚了。他曾跟我说，他配不上我，不指望我和他有未来。从那之后，我只要听到男人说这句话，就立马闪人，并且告诉对方，你确实配不上我。再后来，我和他又见过一面，当时他已经结婚了，但仍试图和我发生关系。我果断地把他拉黑了！

这段不欢而散的感情给了我很大的打击，因为在这段感情里我是那个不被珍惜和尊重的一方，我就觉得自己真的不值得被珍惜和尊重。同时又无知地认为：世界上的男人没有一个是好东西！从那之后，我有过一夜情，做过别人的小三（但没破坏过人家的婚姻），也试图找个暴发户，因为当时觉得反正找不到好男人，还不如找个有钱的，那么多人可以傍大款，要不我也试试？后来想通了，干吗要千方百计地算计别人那点儿钱呢，还不如自己挣起来省时省心。

其实，我可以不告诉你我这些不光彩的过去，但是我的过去就是很多不同女人的缩影，我能成为今天的我，都是因为那些愚蠢的事情告诉我：如果这个世界上有一个人是可以依靠的，那么这个人只能是我自己。

做了那么多愚蠢的事情之后，我意识到：不能把自己的幸福全部赌在男人身上。我又继续读了博士。那段时间，我每天除了做科研，还和朋友搞社团活动。通常早上7点起床，半夜搞完工作，出去跑个步，回来洗澡睡下时，已经是凌晨2点了。虽然很忙很累，但心里却是充实的。我从周围同学身上学到了很多东西，也从他们眼中看到了自己，原来我是一个优秀的人，是值得被珍惜和尊重的。虽说那时候自己成长了很多，但内心还没有完全进化好，仍然很low，认为女人嫁个好人家比什么都重要。

后来，我遇到了一个“高富帅”。我们是在一家跨国公司实习时认识的，他当时在北京的一所名校读硕士。让我奇怪的是，他每天都穿军装。熟悉了之后才了解到，他的爷爷奶奶都是军区的重要人物，他现在仍住在大院里。他是好孩子型的男生，人很安静，也有礼貌，喜欢植物和动物，应该说是一个绝好的结婚对象吧，正好他对我也有意思，我们就在一起了。但没多久，我就拿到了学校的奖学金，来美国的大学做三个月的交换生。没想到，这三个月改变了我的人生。

我喜欢美国的生活，在这里我可以尽情地做自己，不用担心别人怎么看我。我想留在美国，但他不能出国。我挣扎了很久，不是有了以前的经验教训嘛，觉得一定要选择有利于自己的那条路，于是我就和他坦白了，说还是喜欢生活在国外，就这样，我们和平分手了。我从没后悔自己的选择，甚至为自己的选择感到庆幸，虽然我放弃了可能稳定而富足的生活，但现在的我精神上更富足也更快乐。我和他偶尔还联系，他也有了一份自己喜欢的工作，也马上要结婚了，我祝福他。

现在我在美国做博士后，博士后的生活呢，就是一个普通上班族的生活，只不过我们面对的工作是从理论物理到应用数学，从有机化学到分子生物学，基本上都是大家看不到、摸不着的东西。博士后其实是一种培训，培训自己独立发现并处理问题的能力。人们喜欢妖魔化女博士和女博士后，那是因为博士和博士后的生活离大众的生活太遥远，人们对未知的东西都有恐惧感，如果让他们恐惧的对象是女人，那就是双重恐惧了。

如今，我拿着自己的工资，租着自己的房子，开着自己的车，还能因为工作去其他国家（去年去了巴黎和巴塞罗那，今年去了印度）旅行。业余时间，我和朋友们露营、漂流、攀岩，我感觉每一天都是新的一天，每天都能学到新的知识。

我不知道你有没有那种感觉，就是觉得这个世界上有自己存在的意义和价值，我有能力，也可以主宰自己的命运。我不需要别人告诉我，我做的选择是正确的还是错误的，我穿的衣服是漂亮的还是丑陋的，我应不应该美白，所有的东西都是我经过自己的大脑做判断，而且唯一的判断标准是：Is this what I want（这是我想要的吗）？

如果你喜欢驾驶帆船，你是喜欢自己驾驶，还是喜欢别人告诉你具体方向并且不停地提醒你呢？我喜欢前者，自己控制自己的人生。“控制”这个词听起来不那么好听，但这是每个人都需要的基本情感，它就像悬崖上的一根绳子。为什么有些人总爱指责别人做什么事或者不做什么事，比如那种觉得大龄未婚女青年是“害虫”的人，因为这些人也需要控制感，不幸的是他们不能在自己的生活里得到控制感。

人们说起一辈子好像是个时间限定，我觉得一辈子不是时间限定，而是过程，我更看重如何过这一辈子。出生和死亡，不是我能掌控的，但这中间的过程，却是可以自己掌控的，这就是我们有大脑的原因。在面临选择的时候，能做出自己的选择并为此承担责任是我追求的生活，因为这样才会避免相互埋怨，才会避免后悔。直到今天，我从未后悔过自己的选择，因为这些选择都是我自己做的。

我现在的男朋友是美国犹太人，我和他是在遛狗的时候认识的。他第一次约我是去喝咖啡，我们约会了一年之后，正式升级成为男女朋友，现在我们在一起两年了。我们从未对彼此发过脾气，因为没有必要。和他在一起，我变成了一个越来越好的人。这里说的“好”不是传统意义上的好，我不给我爸妈钱（不孝顺），我不讨好男生（不温柔），不

不自在就不结婚

受访者：海叔

性别：男

年龄：40

职业：广告公司老板

采访手记：海叔约我在他公司楼下的一家西餐厅见面。我如约出现时，他已经坐在了那儿。他穿了一件Ralph Lauren（美国服装品牌）的黑色POLO衫，正低头翻看一本财经杂志。见到我后，他起身与我握手，并用力地摇了两下，感觉颇为正式。他是一家广告公司的老板，今年40岁。与那些满面油光、头发稀疏、小腹凸起的中年男人不同，他脸颊瘦削、头发茂密、身材颀长，这让他看起来比实际年龄要年轻得多。不过，从他那副金丝边眼镜里穿透出来的视线却成熟、稳重甚至带点严肃的冷峻味道。他说话的语速很慢，偶尔会皱起眉，仿佛在认真思索着什么。

我想，不少女孩会被他的高冷气质吸引。事实的确如此，海叔自己也搞不清楚，为什么很多女孩只见过他一两次面，就会对他展开追求攻势。但他却“空窗”多年。他不是不婚主义者，只是坚持着自己的标准：宁缺毋滥。在世俗的眼光中，坚持宁缺毋滥是一种“病”，宁缺毋滥到40岁更是“病得不轻”。但他选择活得自在，而不是迎合世俗的观念。

口述实录：

有一种艺术叫坛城沙画，用彩色的细沙花费数日甚至数月精心绘制沙画。可画完之后，沙画就被倒入河水中流走了。很多人觉得花这么多工夫最后却付之东流，有什么意义呢？但对喜欢的人来说，最重要的不是结果，而是体验的过程。

对我来说，人活在世界上最重要的也是体验，我最终要的不是一个结果，而是一个体验过程，恋爱是体验，结婚也是体验。可要给这些体验前面加一个时间点，比如30岁前必须结婚，或者40岁要结婚，那思路就错了。时间点并不是体验的标准，顺其自然就好啊，逼自己，毫无意义。

2009年的时候，我差点结婚。她比我小6岁，认识她的时候，我还是个大学生。我们学校比较特别，只要资格达到一定水平，就可以接军训的任务。我正巧被分配到她的班级做教官。她是我的学员，其实我们并没接触太长时间，军训才8天，但她对我表现出了很强烈的好感，她说对我是一见钟情。我经常遇到这样的事儿，认识没几天，也没有过深入的交往，女孩就会向我表达好感。

我是相对理性的人，跟一见钟情相比，我更相信两个人经过深入交流后产生的那种和谐的感觉。我开始只把她当作小妹妹，直到她大学毕业，我们之间的沟通越来越融洽，才发展成了男女朋友。最初恋爱时，我们分隔两地，她后来为我来到了北京。我买了房子，房产证上还写了她的名字，可就在我们准备结婚时，却发现她变了心。

我曾经很盲目地认为我是她最爱的人，如果有一天我们分手，也一定是我离开她，她是不会离开我的。结果有一天，我撞见了她和一个男人手拉着手，很亲昵地走在一起。如果不是我亲眼所见，我绝对不会相信。即使是我父母跟我说，看见她和别的男人在一起，我都会认为他们认错人了。

我无法接受她做出这样的事来，甚至当我亲眼看见这一幕的时候，都以为自己是在做梦。这件事对我的打击实在太大了，后来我们吵啊闹啊，弄得很不堪。原来我觉得她是很善良的女孩，猛地就觉得不认识她了。

我花了很长时间消化这件事，重建对情感、对人的信心。我认为无论经历了什么，心态都要健康向上。如果经历了一段失败的感情，从此一蹶不振，觉得世界上没有好女人了，那就太失败了。我非常欣赏女演员周迅对感情的态度，有人嘲笑她，觉得她一段感情失败马上又投入到另一段感情中去。可在我看来，她实际上是在不断地尝试、体验，内心对感情是怀抱着善意和正面看法的。

我们分手的第二年，我和朋友合作成立了现在这家广告公司，我把精力都投入到工作中，但父母却开始发愁我的婚事，给我安排各种相亲。他们觉得我是找不到女朋友的，因为我太内向了，也不主动。我确实话少，但绝不是一个无趣的人。从小到大我都不缺女人缘，哪怕到现在，如果我愿意的话，交个女朋友也是很容易的事。父母的误解让我无法忍受，也激起了我的逆反心理：如果我不想结婚，皇帝老子逼我也没用！

当我多次骗父亲说去参加相亲会时，他开始偷偷地尾随我出门。我开始不知道父亲跟踪我，正巧在一个拐弯的地方，我无意中回了一下头，却一眼看见我父亲从拐弯的地方探出头，他看见我之后，马上把头缩了回去。那天我回到家，什么都没说，我父亲也什么都没说，我们都假装这件事没发生过。那以后，他再不会逼我去相亲了。不过我现在倒不排斥相亲了。这只是一个渠道而已，只要我择偶的标准在，就没问题。何必拘泥于渠道呢？

因为宁缺毋滥，我单身也有五六年了，我父母希望我尽早结婚生子，他们在乎的是一个结果：你结婚了，你有小孩了。但我要为这个结果负责，就像父母希望我穿一双鞋子，可这双鞋子到底舒服不舒服，只有我自己知道，我不能为了满足父母的愿望，穿一双不合脚的鞋。

我是主观意识很强的人，不在乎那些所谓的社会舆论，更不在乎不相干的人如何看我。但这不是说我不听取

了情感上。因为跟父母住在一起，她没少受逼婚的摧残。她曾不无感慨地对我说：“父母没有任何指导性意见的一味催婚，子女为了孝义熬过来真是艰难啊！”

作为孝顺闺女，无论是七大姑八大姨还是拐了几个弯的人给她介绍对象，她都会乖乖去见，但结果却一点都不乐观，她遇见了各种各样的奇葩，有的男人甚至在第一次见面时就赤裸裸地问：“结婚的房子你家能准备吗？” “如果不是去相亲，我真的不知道世界上还有这样的男人。”安妮常常跟我吐槽。不过，近两年，我越来越少听到她的吐槽了，对于自己的单身身份，她不再像从前那样缺乏安全感。刚刚过完33岁生日的她越来越知道自己想要什么了。跟从前迷惘的安妮相比，我更喜欢如今自信的安妮，时间的确是成长最好的老师。

口述实录：

我深深地知道，不管我有多么强大，我都是需要呵护、被爱和陪伴的。如果缺失这部分，我仍然觉得不幸福，但现在的我，不会像二十来岁时把这个不幸福放大到宇宙级别，觉得自己是世界上最不幸福的人。因为这件事情是我的全部又不是我的全部。我很清楚地知道我要工作养活自己，我要跟朋友分享快乐，我知道自己很棒，与此同时，我要主动寻找幸福。

很多人跟我说，结婚和恋爱是两回事。恋爱，可以找感觉，结婚就要盯着对方的房子、车子和工作。正是因为我连结婚都要找感觉，才会被“剩”到现在。两年前，我采访了一个心理老师，就问了她的看法。让我意外的是，她告诉我：结婚一定要找感觉，但这个感觉不是一见钟情、天雷地火，而是你对生活有一个勾画，然后想象什么样的人才能满足你勾画的这个场景。听完她的话，我的脑中马上就勾画出了一幅场景：那是一个有蓝天、白云、草地和小溪水的地方，我跟老公、孩子一家人开车到这里野餐。

上大学的时候，室友们问我想要过什么样的生活。我说：“很简单，周末的时候，我跟我老公说，我想去看海，他说那走吧。我们也不用去多远的地方，去大连就行了。”她们很惊讶，笑我说：“你使这么大劲，才说出个大连，我们以为至少得是马尔代夫呢！”

这两个规划在我心中是什么感觉呢？我对他的要求，首先我们俩在经济上不用太有钱，但要有相对充裕的资金用于精神生活的需求；我喜欢到处走走，因为工作的关系，中国的大部分城市我都看过了。可我还是希望跟我的另一半去更多的地方。有人说，你自己玩呗，不一定要对方陪着你啊！但我的想法是，如果我什么都自己去做了，那我未来的生活伴侣为什么要到我的生活中来？他来到我的生命中是干吗的呢？

我不知道我的未来会怎样，但我越来越清楚地意识到：也许在最终选择的婚姻上，很多人有无奈，但没人是委屈着结婚的，纯凑合谁也没那么能忍耐。前两天不是还有一条新闻报道，说一个33岁的姑娘在婚礼当天凌晨，自己开车逃婚了，记者后来采访她时，她说："我错以为年龄大了可以将就，直到婚礼临近，才发现没有勇气面对。"

每个人对婚姻的态度和标准不同，是因为我们看重的东西不同。所以每个走进婚姻的人其实都选了一个至少在他当时看来最重要的东西。比如有的人觉得感情不是最重要的，他更在乎对方的经济条件，那么即使结婚对象并不是他所爱的，他结婚的时候也是开心的，因为他得到了物质保障。有的人经不住周围的压力结婚了，即使另一半不是他所中意的人，他在结婚的时候也是开心的，因为终于有了一个"已婚"的身份。

我最看重的是感情，有一天我嫁了，我希望我是为了爱情而走进婚姻的。我相信如果我一直坚持我的渴望，我最终会拥有我想要的，只不过我比别人多了几年单身的时光，多了这些思考。

《星际穿越》刚上映的时候，我一个人去看了上午场，出来的时候我很激动，看到好电影就会有那种与人分享、寻找共鸣的冲动，可身边的朋友都还没看呢，他们没法理解我为什么如此激动。心里的表达欲无法释放的时候，我下意识地搜了一下初恋男友的微博，看到了简单的几句话，我把他写的话截图发给一个闺密，后来她跟我说："我终于理解你为什么总对过去的事情抓着不放，走不出来，原来你们俩的观点如此接近。我好羡慕你曾拥有过一个灵魂如此契合的对象。"

当年，我和初恋男友都刚刚步入社会。我没自信，不知道能否驾驭自己的工作，也不知道我的未来在哪里。因为缺乏安全感，我把希望寄托在他身上，但他当时的表现让我很失望。我认为，想从事一个行业，就要从这个行业的底层一点点地做起。比如想当导演，要先从做导演助理、场记开始，学习如何成为一个导演。但他却想一夜之间就改变命运。当年他对找工作毫无热情，只是闷头在家写作。我们为此经常发生争执，后来就分开了。

第二次看《星际穿越》的时候，我是跟一个朋友去的。我在电影院里痛哭流涕，这是我第一次看电影哭得这么惨烈。周围的人都看我，连我朋友都吓坏了。这在我心里其实是一场美好的告别仪式。在过去的恋爱中，我做得不好的，他做得不好的，都在我的眼泪中释怀了。我感谢他，在那段时光中，曾经陪伴了我，给了我想要的那种心灵上很高的契合。可能对很多人来说，那种精神层面的交流一点儿也不重要，但我特别看重。

我在30岁之前是很慌张的，没有事业，没有感情，我的人生怎么会这么失败呢！过了30岁，是另一种慌张，我爸妈催得特别强烈，好像没结婚是莫大的罪，周围的亲朋好友也替我着急，搞得我自己也有隐隐的担忧，30岁都没结婚好恐怖啊！就在这个时间段，我选择了一个看起来踏实的、适合走进婚姻的人。

他家境不好，赚得也不多，每月还要给家里交钱。我们分手的导火索是一次未遂的旅行。我开始跟他商量出去玩的时候，他说："行，你请假吧！"可我高高兴兴地请了假后，他又跟我说："别去太远了，家附近玩玩就算了。"我一下就生气了，这不是忽悠傻姑娘呢嘛！他也不高兴了，这次沟通最终不了了之。过了一段时间，我又问他："去哪里玩？”他说：“我哪儿也不去，我不可能在我父母哪儿都没去过的时候，自己出去玩。”这句话刺激到我了。我觉得旅游是一个情趣，不一定要花很多钱。如果他说，我现在手头有点紧，没办法去，咱们攒钱明年去，我也可以接受。但他用父母做挡箭牌。

以前人家要跟我说，这个人有车有房，我会觉得，那跟我有什么关系啊，我在乎的是这个人怎么样。因为车子、房子只要努力都会有的，但经历这件事后，我明白两个人真的要门当户对的，无论是精神层面还是物质层面。一个经济十分拮据的人是无法跟我建构精神上的和谐的，比如我喜欢看电影、话剧和听演唱会，这些都是之前男友承受不了的，他觉得我过分追求这些文艺活动是不接地气。

去年年初，我同事给我介绍一个男朋友，是她的研究生同学。我们断断续续地联系着，走得不远不近。直到有一天，他在送我回家的路上，对我说：“你的生活需要改变了。”那时候，我工作特别忙，不夸张地说，一个月30天我能出差25天吧！我说：“有什么可改变的啊？”他说：“你试着放慢一点生活节奏。”他的目光很真诚，就在那一瞬间，我觉得我好像喜欢上他了。他的表达也让我觉得，他想和我在一起。

想明白了再结婚

受访者：石菲

性别：女

年龄：33

职业：英语老师

采访手记：石菲是一个8岁女孩的母亲。她曾给我写邮件哀叹自己结婚太早，如今挣扎在婚姻的泥潭里，想抽身却力不从心。她说自己每天只要一回到家就觉得窒息，可要离婚的话，又担心不利于女儿的健康成长。她感到压抑、无助，不知道该何去何从。像她这样挣扎在婚姻中的女人很多，大部分迫于各方面的压力，仍然选择留在婚姻里。这也没有错，如果一段婚姻不是糟糕到不可修复，离婚并不是最好的解决办法，更何况，谁都想给孩子一个完整的家。在那封邮件的最后，石菲问我："你觉得我该不该离婚呢？"我既不是心理医生，也不是情感专家，哪敢乱开药方，只是告诉她："如果父母的婚姻状况十分糟糕，即使不离婚，也会对孩子的心理造成阴影。"

那之后很久我没有收到石菲的邮件，就在我快要忘记这件事的时候，她的名字突然又出现在我眼前。与第一封字里行间压抑得如同铅块的邮件相比，这封邮件简直轻快得像羽毛一样。她告诉我：经过几番周折，她终于离婚了。就像一只飞离牢笼的鸟儿一样，她感到前所未有的自由。她说，她想把自己的经历分享给年轻一点儿的姑娘，希望她们不要像她当年那样，稀里糊涂地就结了婚。

口述实录：

去年，我离婚了。我和他在一起了八年，结婚的时候，我才24岁，他和我同龄。我看过一部电影，名字忘了，里面有一个情节，一个男人要结婚，他妈妈问他："你确定今后的日子里没有她就过不下去吗？如果你离开她还能过下去，那就别结婚。"我跟他结婚的时候，并没有离开他活不下去的感觉。他有没有，我就不知道了。但他跟我说，第一次见到我的时候，就觉得我是他媳妇。我们交往不到一年就决定结婚，因为我意外怀孕了。

结婚前，我对他不是特别了解，毕竟那时候处在热恋期，我们都会把自己最好的一面展现给对方，他当时留给我的印象是很爷们儿，很大方，总是送礼物给我惊喜。现在回忆起来，谈恋爱的时候是我们俩在一起最好的时光了。

我对他的了解是在婚后几年，我发现他是一个很不上进的人。他换过几份工作，不是觉得受气了，就是觉得单位风气不正，反正最后都不干了。他在家待着，平时养些花鸟鱼虫去市场卖，赚点零花钱。他的家庭条件还算可以，他爸妈开了一个茶庄，卖茶叶。他是家里的独子，上面还有一个姐姐。全家人都惯着他，把他当宝一样。他不上班也没人说什么。他爸妈知道自己儿子不上进，每个月也会给我们贴补奶粉钱。

我是一个要强的人，结婚之前我在一家英语培训机构做老师，后来自己办了一个英语班。虽然是小作坊，但时间相对自由，照顾孩子也方便。我的学生都是一个介绍一个来的，家长也挺喜欢我。在长春这种城市，我的收入差不多顶两个普通上班族的。

因为经济上没有压力，我也不逼他上班。我想，他爱在家待着就在家待着吧，能把家里照顾好就行。别人家是男主外，女主内，我家反过来不也一样嘛！但是家里的活儿也根本指望不上他。他太懒了，如果我让他去洗碗，他嘴上说好，但根本不去洗，第二天，脏碗还在水槽里放着呢！我是急脾气，等不了，所以家里有什么活儿，我也都自己干了。我觉得很累，抱怨两句，他就说，谁让你带那么多班的？家里又不差你那点儿钱！

他的最爱是游戏，每次打游戏都跟犯了毒瘾似的。我生孩子时，他还在产房外打游戏呢，这是我妈后来跟我说的。你说他的心有多大？我们离婚之前，分居一年多，说起分居理由来都好笑，他不是爱打游戏嘛，我怎么说都没用，就跟他定了个规矩：如果你11点前不能进屋睡觉，就别进来睡了。结果，他真的每天都打游戏到凌晨，困了就到另一个屋睡觉。我们就这么分居了。

我不知道好的婚姻是什么样，但我知道坏的婚姻。就像我和他，在这段婚姻关系里，我们两个人没办法一起成长，他一直在原地踏步，但我越走越远了。他在后面咆哮，你为什么走那么快？走那么远？因为我们之间不同步，越来越缺乏深度的交流和沟通，到后来，我们的话题仅限于家长里短。他无法理解我的事业心，更谈不上支持我了。有一段时间，我进修研究生，他就反对，说你念研究生有什么用啊？这不是浪费时间吗？我的英语培训班规模逐渐扩大，他也觉得我是没事找事，说："你不是总吵吵累吗？你要真累的话，还开这么多班干啥？"

虽然我们有这么多问题，但我却没想过离婚，毕竟有孩子了，我想给孩子一个完整的家。我妈也跟我说："家家都有本难念的经。"不管怎样，他至少对我还是真心的，我想就凑合着过吧！但他却盯我盯得越来越紧，如果我和朋友出去，他和我婆婆就会轮班给我打电话："在哪儿呢？""几点回家啊？"跟我约会的姐妹，一般都会在他们来电话的时候，跟他们问好。

分居一年后，他变得越来越自卑，开始对我疑神疑鬼。有一回，一个学生把手机落在课堂上了，说好了第二天来取。当天晚上我把手机拿回了家，他看见以后，阴阳怪气地问我："你是不是外面有人，专门买了一个手机和他联系？"我真没想到他能问出这种话，当时就愣住了。他看我说不出来话，就说我心里有鬼。我们为此大吵了一架。

我的培训班扩大之后，招了几个大学生来上课，有男孩、有女孩。他有一回来学校找我，正好看见了一个男大学生在上课，当时就不高兴了。回家后，他让我把那个男老师辞了。我不同意，他就说我和那个男老师有事。我们又发生了激烈的争执，他嚷着要趁我没给他戴绿帽之前离婚，免得哪一天我真出轨，他受不了。到那时，他肯定要把我和那人都给宰了！

我最后还是把那个男老师辞了，但我们俩的关系却没有好转。有一回看电视，情节是一个妻子出轨，他很生气，说女人就跟母狗一样，跟哪个男的都能配种，我现在还是他的媳妇，将来没准就是别人的了。我想跟他好好谈谈，但谈不了两句就得闹翻，后来索性就不谈了。那段时间，我从100斤暴瘦到80多斤，自己照镜子都觉得害怕。

最终让我下定决心离婚是因为他动手打了我，虽然不算重吧，他事后也跟我道歉了。但在他打我的那一刻，我觉得眼前的他已经不再是我熟悉的那个人了！以前我能在这段婚姻里委曲求全是因为他对我真心，可现在，连这点念想都没了，他的真心已经变质，甚至变态了，我很害怕。

闹离婚的时候，我婆婆强烈反对。她埋怨我，说他变成今天这个样子都是因为我，我是一个失败的妻子，我没有调教好我的老公。她说，成功的女人一个眼神就能让自己老公乖乖的。我确实是个挺失败的妻子，可能你都不会相信，但我真的从来都没跟他撒过娇，我连“老公”两个字都叫不出来。结婚这么年，我不是叫他名字，就是喊他“孩儿她爹”。谈恋爱的时候，他还叫过我“宝贝”，结婚后，也喊我名字，或“孩儿她妈”了。我真的没法跟他撒娇，我说不出口，觉得别扭，他没有给我那种让我像小女孩一样对着他撒娇的安全感。

我不能说自己对婚姻的了解有多深，但我搞明白了一件事：婚姻里没有感情不行，可光有感情也不行。就像我们俩，结婚的时候感情正是你侬我侬的时候，但我们当时太年轻了，根本不明白婚姻到底是怎么回事，在对彼此不够了解的情况下，就草率地结婚了。这样的婚姻简直就是赌博，有的人幸运，婚后发现两个人本质上是合拍的，能够并肩走过风风雨雨；有的人不幸，像我和他，磕磕绊绊的却还是走散了。

在我还是已婚妇女的时候，我周围有不少单身的姐妹，她们在30岁左右的时候很慌张，说对未来没有安全感，担心孤独终老，羡慕我这样已婚生娃的，因为人生大事早早就搞定了。但我打心眼里羡慕她们的单身状态，多自由啊，一个人吃饱，全家都不用愁了，她们想干什么就干什么，又没有家庭的羁绊。钱锺书那句话说得真对，婚姻是一座围城，城外的人想进来，城里的人想出去。现在我终于自由了，我不会再轻易地走进那座城了。

最好的伴侣是自己

受访者：小圆

性别：女

年龄：30

职业：汽车编辑

采访手记：在一家酒店的楼梯上，我看见一个姑娘正撅着屁股全神贯注地拍大堂里的吊灯。我是个好奇心挺强的人，也撅着屁股循着她的角度望去，你别说，从这个角度看那只金黄色如同发糕一样的吊灯还别有一番味道。于是，我也掏出手机，拍了几张照片。这个姑娘叫小圆，后来我们就这样因为一只吊灯成了朋友。

小圆是单身，但我从没见她在寻找另一半的事情上悲秋伤春过半句。别的单身姑娘出去相个亲，回来还能说个段子给姐妹们听，而她常常是睡过一觉，连昨晚见过的人长的什么样都不记得了。问她为什么，她还很懵懂地说："反正也不合适，记住干吗？"她的朋友圈主题永远围绕四个大字：吃喝玩乐。我猜，在她"人生得意须尽欢"的世界里，她就是自己最好的伴侣。于是我戏称她为女版的"谢耳朵"："人穷尽一生追寻与另一个人类共度一生的事，我一直无法理解。或许我自己太有意思，无须他人陪伴。所以我祝你们在对方身上得到的快乐，与我给自己的一样多！"

口述实录：

我30岁了，但心理年龄也就13岁吧。我家里堆满了各种玩具、模型和毛绒玩偶，连睡觉的地方都要没了，但遇见好看的东西，我还是忍不住要搬回家。我想，哪怕有一天我老了，也依旧是个老顽童。

我喜欢日本动漫，念大学的时候追得最疯狂的是《海贼王》《死神》《火影忍者》《攻壳机动队》，还有每季的新番动画。如果要选一个动漫角色代表我的话，那就是《海贼王》里的路飞，他爱憎分明，神经大条，喜欢吃肉，这简直和我太像了。我人生的四大主题，不是生老病死，而是吃喝玩乐。

我喜欢一个人旅行，特别自在，想怎么玩就怎么玩。玩疯了，我可能连饭都顾不上吃，晚上就去超市买点东西回酒店吃了。去纽约的时候，我在乐高玩具店转悠了一个多小时，如果跟一个不喜欢乐高玩具的朋友一起逛，我肯定要担心，她会不会觉得浪费时间啊？在首尔明洞的时候，我去的是射击场。要是跟姐妹们一起去明洞，那肯定就是购物了。我喜欢的东西跟大多数女孩不太一样。从小就是这样，女孩擅长的跳皮筋、跳绳、踢毽子，我都不灵。我是充当陪衬的，人家跳绳，我摇绳，人家踢毽子，我数数。我唯一女性化的爱好是十字绣……感觉好不符合我的形象呀！

很多姑娘不喜欢一个人旅行，是觉得没人给自己拍照片。我没这个困扰，我本身就喜欢玩摄影，知道自己在镜头里的样子——不上镜。所以我很有自知之明，除非对我来说特别有纪念意义的地方，比如宫崎骏动漫馆，我才会麻烦路人帮我拍张照片。

独自旅行对我来说，有点像探险。第一次去韩国的时候，我的韩语还不太利索呢，就跑去一家理发店，跟人比画半天，最后弄出了我满意的发型。那种开心是带着意外之喜的。每到一个地方，我都希望自己能像当地人一样，而不是游客。我常常看日韩的综艺节目，关注他们介绍的有趣地方。等我出国的时候，就会去找。走错路，迷路什么的，我也不怕，反倒是常有意外惊喜。好些地方就是我误打误撞找到的，回头一搜竟然很出名。

我去过三次日本，虽然我的日语水平跟韩语水平一样初级，但在日本还是玩得如鱼得水。首先，日本的交通十分发达，别看它的地铁线路错综复杂，地图可是详细得让人想当路痴都当不成。在国内，我坐地铁换乘的时候还会被搞晕呢，但在日本我没坐错过一次车。其次，日本是吃货的天堂。你在路边看到的任何一家觉得还不错的饭馆，里面的东西也都很好吃。你看《孤独的美食家》里的井之头五郎大叔总是随便走进路边的一家饭馆，就能美美地饱餐一顿，真的没骗人。日本人也很热情，你要问路，他们恨不得带你去。有一回，我向一个日本快递员问路，他竟然丢下他的快递车帮我找路，让我很不好意思，这也太热情了吧，连车都不要了。

每次我一个人旅行归来，朋友们都会问："有没有艳遇啊？"还真没有。我倒是遇到过别人的艳遇，那是在一家咖啡厅，我斜对桌坐着一个姑娘，穿着旗袍，婀娜多姿的，有个老外走过去搭讪，问她是不是一个人啊，blablabla……再看看我的形象：穿着一身黑衣服，衣服上的图案还是骷髅头，脚下踩着一双马丁靴。你说我这一身杀气的，会有人理我吗？

虽说没有艳遇，但还是会遇见志同道合的人。有一回，我去韩国的一家甜品店喝下午茶，我的隔壁桌是一个韩国女人，她也在喝下午茶，面前摆着一个三层的点心盘子。她主动跟我搭话，问我从哪儿来，我说中国，她就夸中国伟大，比我都有自豪感。她说她对中国非常向往，想到云南玩，因为她小时候看过一本漫画，背景是云南，还问我云南好不好玩。她看着挺年轻，但已经是孩儿她妈了。韩国有很多这样的家庭主妇，她们不需要工作，有大量的闲暇时间。她跟我说，她经常一个人旅行，去过西班牙、罗马、中国的澳门和台湾等国家和地区，她老公特别支持她。

一般韩国人的英语发音跟日本人的英语发音一样，容易让人迷惘。但她的英文很流利，一聊才知道她是在多伦多念的大学。最巧的是，我们连手表戴的都是同一品牌的同一个款式。那天，我们聊了快两个小时，后来是她家保姆给她打电话，她才离开的。临走的时候，我们相约，下次我到韩国，跟她一起去Dream Camera Cafe，那是一个禄莱相机造型的咖啡厅，非常特别。现在我们也经常在Facebook上互动，她最近人在布达佩斯，这次她不是一个人，是带着娃一起玩的。

我的人生目标特别简单，就是：高兴。我无法想象自己会为了结束单身或者害怕孤独寂寞冷就“凑合”找个男人。那我肯定高兴不起来啊！两个人在一起一定要比一个人更好才有意义。我身边很多姐妹结婚后都牺牲了自己的爱好和生活品质，尤其是有了孩子，每天就为了给孩子交学费操心，这肯定不是我想要的生活。

我喜欢的男生类型是：有责任感、有生活情趣和有品位的，他愿意跟我一起找好玩的地方，做有意思的事儿。他还要有点大男子主义。我说的大男子主义是指男人的霸气和大气。现在大气的大男人越来越少，斤斤计较的小男人越来越多。

我也不知道哪天才能遇到那个他，没遇见呢，我自己跟自己玩也挺好的，我什么都不缺，也不需要依靠任何人。这样下去会不会孤独终老呢？这个假设，你要是不问我，我根本就没想过。我喜欢干的事儿太多了，料理、插花、烘焙、模型、画画……任何好玩的我都想学，你说我这么忙哪有时间担心孤独终老啊！就算是孤独终老又有什么可怕的，到那天再说呗！我是那种特别积极向上的“体质”，很少为很久以后的事情操心，就算眼前遇见了不开心的事儿，饱餐一顿也就忘了。何况好坏结局都是对半开的，你怎么知道我会孤独终老，而不是最终找到了一个合拍的伴侣呢？老天保佑傻呵呵的孩子。

结婚证也换不来一辈子的陪伴

受访者：西西

性别：女

年龄：31

职业：法律顾问

采访手记：听说西西离婚的消息时，我很惊讶，得知她过了三年的无性婚姻生活，我更震惊。我曾见过她前夫一次，那是他们刚结婚还不到半年的时候。西西邀请我们一帮在北京的朋友去她所在的城市游玩。正巧是国庆节，我们也不见外，说去就去了。我们待了五天，一直住在西西家200平方米的豪宅里，西西的前夫只象征性地露过一面，跟我们吃了一次饭，其余时间一直躲在房间里打游戏。

老实说，她前夫留给我的印象并不好，倒不是说他长得不体面，正相反，她老公长得高高瘦瘦，皮肤白净，戴着一副黑框眼镜，看上去斯斯文文的。但他的言行举止却缺乏对西西的关爱。饭桌上，他只顾一个人闷头吃。反倒是西西在照顾他，一直往他的盘子里夹菜。值得庆幸的是，西西这段荒唐的婚姻终于结束了。更让我欣慰的是，在我们聊完的一年后，西西又恋爱了。男朋友比她小2岁，在确定恋爱关系前，她对他说："我比你大！"他对她说："我比你高啊！"台词跟西西最爱的电影《志明与春娇》里的台词如出一辙。就在那一刻，西西爱上了她的志明。西西说，她不知道以后会怎样，但她会尽力爱下去。

口述实录：

我跟我前夫是同事，虽然不是一个部门的，但几乎每天都能见面。他说他对我是一见钟情，我拒绝过他好多次，具体多少次我不记得了，他后来跟我说，是17次。他追我的时候，我正处在一桩纠结的异地恋里。当时的男朋友是个文艺青年，我仰慕他的才华，常常坐飞机去北京看他。他不太高兴，问我：“你为什么不能坐火车来北京，飞机票多贵啊！”

我从小家境富裕，爸妈把我当公主养大，大学毕业后，他们就给我买了100多平方米的房子，我的工资在当地也算高的。他是北漂，住在租来的小屋里，每个月的收入也不固定，全靠稿费。我不在乎他是不是有钱，但他太在乎了。

我戴了一块我爸送我的名牌表，他也不高兴：“不就是一块表嘛，用得着戴这么贵的？”他觉得我贪慕虚荣，我说：“我戴这块表不是因为它是名牌，是因为它是我爸送我的礼物啊！”我根本不是追求奢侈品的人，我的很多衣服都是在淘宝上买的。

我们之间最关键的问题还是异地。我在南方的这座小城里生活已经很稳定了，不确定去北京能不能找到一份同样高收入的工作，更何况他在北京的收入又没保障！我希望他来我这里，反正他是自由职业者，在哪里写作不一样？但他迟迟不肯来。

我答应跟我前夫在一起时，正在跟他闹矛盾，具体什么事儿现在已经记不清了。只记得我是想通过我前夫刺激他一下。结果，没有刺激到他，我却和我前夫结婚了。

我前夫比我小5岁，面目清秀，高而瘦，他妈是当地某局的副局长，我们公司正好是他们局里的分公司。我爸是副厅级干部，我们两家算是门当户对，所以谈婚论嫁的时候，双方父母都没反对。我妈虽然有些担心我和他的年龄差距，但他跟我妈保证一定会好好地照顾我。

可从我们结婚的那天起，他就没尽过一个男人的义务，更别说是照顾我了。开始我还很容忍，毕竟之前他追我耗费了太多力气，我得给他时间缓缓，我真是太天真了。他天天打游戏，我们结婚三年，他的媳妇就是游戏。好几次因为我在线看电影拖慢了网速，他就冲我发脾气，让我出去玩，不要待在家里。有一段时间，我很迁就他，他打游戏，我去做饭，就算我到朋友家吃饭，也会先把饭给他送回家，再返回朋友家吃。

但迁就是没有好下场的。我们结婚还不到一年的时候，有一天是我的生理期，肚子痛到想吐，他却一直打游戏，我已经没力气喊他了，就用微信让他帮我倒杯热水。可两个小时过去了，却一点动静都没有，我气得把网线拔了。

刚拔掉，他就怒气冲冲地跑了出来，还把我推倒在地，摔碎了我一只6万块钱的镯子，那是高中时我爸送我的礼物。我去朋友家住了三天，其间他没给我打过一个电话。后来是我妈要来家里，给他打电话，他才来找我。如果说这段婚姻里他唯一的优点，那就是对我的家人很好，也舍得给我爸妈花钱。

我们之间没有夫妻生活，一次都没有过。新婚之夜应该是数红包数累了，就直接睡觉了。之后，因为我们睡觉的时间不同，就各睡各的。我们更像是住在同一个屋檐下的两个房客。我本来对性这方面的需求就不大，属于配合型，以男性的需求为先。没有，我也不渴望；有，我也不觉得麻烦。我更在意精神交流，比如一个目光、一个微笑、一个拥抱，一个牵手……比起天天在床上行闺房之乐，我更愿意睡觉的时候被环抱。但像他这样完全没有也太不正常了。我委婉地跟他聊过这件事，但根本没办法谈，一说他就不耐烦、暴躁，最后大发雷霆，我没法逼他，只能不了了之。我们俩之间有过的最亲密的行为是接吻，但就连接吻都非常地少。

那几年，我最讨厌的就是过年回家说生孩子的话题。我也烦死了好多人说的那种到了什么年纪该干什么事的破传统。所有亲朋好友善意或带点揣测的询问，对我来说都是煎熬。好像我不生孩子就是大逆不道、天理不容。

因为我们迟迟没有小孩，他妈后来也对我冷嘲热讽：“哼，女的不避孕怎么可能没孩子。你身体是有多差啊？”他坐在旁边，就像没事人一样，一句话都不说。我真的很生气，但也不可能跟他妈说，是你儿子身体有问题，他从没碰过我。我还要顾及他的面子。回到家后，我冲他发火，他就让我别理他妈。我说：“怎么能不理啊？那是你妈，我婆婆，不是路人甲。”结果，下次回家吃饭，他妈再说这事，还没等我说话，他就一顿暴吼。刚结婚的时候他妈就跟他说：“提防点儿你老婆，她太精，别被她骗了！”他这么一吼，不但事情解决不了，他妈更觉得我给她儿子灌了迷魂汤。

我对他彻底失望是在结婚第一年的年底。当时我发烧到39摄氏度，开车被追尾了。我给他打电话，他说：

“哦，你自己处理嘛！”我不是不能自己处理，我只是想看看他能做到什么程度。那次之后，我暗暗下决心：“今后，你过你的生活，我过我的生活。”我没想过离婚，毕竟结婚是我自己选的，我就应该自己去承受。我还担心要是离婚了，我爸妈也受不了，更何况我妈身体还不好，我不想给她太大的打击。那两年实在太煎熬了，表面上看，我每天呼朋唤友、表面风光，可心里的苦只有自己知道。看着周围一张张熟悉又欢乐的脸，我感到的却是一阵阵的空虚。我后来得了甲状腺肿瘤，医生跟我说，这跟我那几年的情绪有非常大的关系。

我只跟几个闺密说过我的无性婚姻，她们也曾建议我对他主动一点，但我没低贱到那个程度。我本来就不够爱他，也认清了他并不爱我的现实。既然他不爱我，我还要去挑逗他，那我岂不是太廉价了？我的尊严在哪里？在爱情和尊严面前，我肯定选尊严！我也一直没跟我妈说过这件事。直到快离婚的时候，我才跟我妈坦白。我妈埋怨我，应该早点儿说的，白白耽误了几年的青春！其实这段婚姻里我也有问题。比如：他让我出去玩，不要占用家中网速的时候，我就彻夜不归。这种以恶制恶的态度也导致了我们俩关系的破裂。

最终让我决定离婚的是他妈。当时我在竞聘高级管理职位，他妈背地里给我领导打电话，不准我竞聘。我的婚姻生活已经够不幸的了，现在连事业发展都要被他家限制，我真的受够了！离婚的时候，我跟他妈说："你的儿子有问题，我们这三年过的是无性的婚姻生活。"他妈恶狠狠地指着我的鼻子，说是我让他们的儿子变成了这样！

早在我们结婚的第一年，我就想和他好好聊聊我们之间的问题，但他永远都在沉默。实在被我逼急了，就说："当初你说你脾气怪，我没想到会这么怪！"他把责任都转移到我身上。直到我们把离婚提到日程上时，他才终于说了一句："也许，我当年没有考虑清楚。"办离婚手续那天，我妈给他打了电话，他跟我妈说对不起。我妈说："你不应该跟我说对不起，你该和西西说对不起。"

婚姻就跟经营公司一样，要有好的收益才能持久。如果一直都是负资产，快要破产了还死撑着，最后真的一点好处都没有。我很庆幸，没有继续耗在一段毫无希望的婚姻里。拿到离婚证书的那一刻，我的脑子里只有一个念头：我终于自由了！

现在，我对婚姻这种形式已经没有期待了。一张纸或者万千承诺，都是云烟，最好的爱应该是一辈子的陪伴，不离不弃。对未来的感情，我没有什么想法，像我这种条件：离异无小孩，有房有车，26万元的存款，月收入8000元以上，31岁，能找我的要么是二十多岁的小帅哥，要么就是45岁以上离婚的有钱老男人！所以要说我有什么想法，那我的想法就是多赚钱，以后找个好点儿的养老院，天天调戏里面的老头，哈哈哈哈……

婚姻不是交易

受访者：阿伟

性别：男

年龄：38

职业：媒体人

采访手记：阿伟长着一张毫无攻击性的圆脸，双腮肉嘟嘟的，眉毛又粗又浓，嘴唇也有点厚。当他沉默时，好像一个不善言辞的木讷之人，可一旦他开口讲话，你就知道自己上当了。他说话时神采飞扬，掷地有声，讲到兴起处还喜欢挥舞一下手臂，好像一位滔滔不绝的革命领袖。在朋友圈里，他素来以“毒舌”闻名，事实上，把他推荐给我采访的一个朋友就常常跟他争论得面红耳赤，但仍然不计前嫌地把他介绍给我，只因“他在婚恋方面的看法还挺能代表我们男人的”。这个推荐理由让我决定和阿伟聊一聊。

“今天我打算黑一黑中国女性了。”一见面，他就给我来了个下马威，“你不介意吧？”他并不等我回答，就自顾自地开始了演说。我必须承认，他对中国女性的批判有以偏概全之嫌，但也狠狠地戳中了不少中国女性的痛处。这让作为女性的我多少有些如坐针毡，同时，也开启了我暗自反省的开关。我想，这大概就是此次采访的意义所在，给所有女性朋友提供另一种审视自己的视角。

口述实录：

我觉得全世界的婚恋观都应该是一样的，就是找一个你爱的人，两个人生活在一起，有儿有女，享受家庭的天伦之乐。但我觉得中国社会比较特殊，中国的婚恋观有些扭曲和变异。比较明显的是被金钱和物质扭曲。

确实，中、西方都有这样一段历史：女人通过婚嫁获得生活保证。张爱玲的《倾城之恋》里，柳原对白流苏说：“根本你以为婚姻就是长期的卖淫。”但随着社会的发展，女性地位不断提高，这种婚恋观早就过时了。可国内主流的价值观还是“干得好不如嫁得好”，不少女性仍然把嫁男人当成傍一张长期饭票。按理来说，西方是金钱社会，更是追求物质基础的。但有些外国女人真想要钱的话，就找个Sugar Daddy（干爹）当几年情妇，不会以结婚来达到这一目的。更不会说，你得有车有房，我们才能结婚。

中国人也总有一种随大流的心态，觉得周围的人都结婚了，我也得结婚了，就是所谓的“到了什么年龄就该做什么事”。没有结婚对象怎么办？频繁地相亲呗！相亲时为什么总会遇见奇葩呢？那是因为两个人既没有情感基础，又非常地功利，感情变成了一场纯粹的交易，可不就是通过女人是不是漂亮啊，男人是不是有钱啊，来彼此判断嘛。当然了，可能会有一见钟情的，但这个概率太小了。

如果两个人相爱，我每天看到你就会高兴，回到家里看到你特别开心，家庭就是我幸福生活的源泉。可如果你找的人并不是你爱的人，而只是适合结婚的人，那你怎么可能体会到家庭生活的幸福呢？换句话说，一个人凑合着结婚，他就不可能愿意把时间和精力都投入到家庭里，不愿意为了家庭妥协、牺牲，甚至不享受家庭生活。西方人为什么一旦结婚就很爱家庭呢？因为结婚对他们来说，是一种主动的选择，我一个人单够了，想要小孩，想享受家庭亲情，而不是我到了结婚年龄我就得结婚。

西方人很有自我意识，他们的民主意识也比我们早。尤其是“二战”后，整个欧洲有一种反思，为什么会有“二战”这样的大灾难，就是独裁主义啊。你的国家不自由，有各种各样的问题，最后造成了这么悲剧的战争。战后欧洲很自由，甚至比美国都自由，火车上没有安检。前一阵，一辆开往巴黎的火车发生了一起枪击案，因为没人检查，凶手随便就把手枪带到了火车上，造成了恐怖袭击事件。很多网友议论说，如果有安检就不会有这次恐怖袭击了。这确实是悲剧，但不安检所体现的自由并没有错。只要有自由做保证，就不会再出现希特勒这种把几百万人送入集中营的政府。

这种自由是能渗透到每个人的生活和意识形态里的。反映到婚恋里，就是我是不是要结婚，或者我想什么时候结婚，都是我的自由，不会有舆论压力来围剿我，说我是不孝顺啊，怀疑我是不是哪方面有残疾啊，或者被剩下了啊……

西方人的自我意识还体现在他们很清楚地知道自己喜欢什么样的人，不会说我的姐妹团喜欢什么样的，我就要找一个那样的，也不会说这个女孩让我带出去在兄弟面前有面子，我就喜欢她了。Facebook的创办人扎克伯格总被网友黑，说他娶了个丑媳妇。他娶不到漂亮的媳妇吗？不可能嘛！我看过扎克伯格的传记，写有人看见维多利亚的秘密的模特上了扎克伯格的车，扎克伯格后来跟人说："那些模特的身材是很火辣，但是她们没有我女朋友聪明。"从这里你就知道扎克伯格对女性的审美是什么样的，他看重的不是性感的脸蛋和身材，而是聪明的头脑。美剧《生活大爆炸》海报上的标语就是：聪明的头脑是新一代性感。

当然了，好多欧美富豪也都找了除了漂亮就什么都不会的年轻女孩。但美国不是一个纯粹看颜值的社会。好莱坞的女星们都是美女，但最火的那些都是个性美女，或者可以把美字去掉，她们都是个性女星。比如詹妮弗·劳伦斯，1990年出生的小妹子，刚演《饥饿游戏》的时候，被粉丝骂长得丑，但演技好，现在人气旺到不行，还获得了奥斯卡最佳女主角奖。整个人看起来就是魅力四射。桑德拉·布洛克绝对不是大美女，但她的这种魅力就能风靡全美，2009年的时候，她45岁，拍了两部电影《弱点》和《假结婚》，都很卖座。你很难想象中国一个45岁女明星主演的戏能这么卖座。

风靡全中国的是什么人呢？一些年轻又有颜值的女星。我觉得我们整个社会的审美就是很肤浅。这种肤浅审美跟我们的文化传播也有关系，你看我们流行的电视剧，有很多都是傻白甜型的，你再看美国流行的电视剧，日本流行的电视剧，那都是有很多深刻道理的。

我很欣赏柴静、张泉灵、袁莉。她们是真正关心社会的、敢于直言的女性。很多中国女性是不敢发声的。她们在思想上是胆怯的，涉及社会不公、个人利益等问题，她们不会反抗，而是觉得大家不都这样吗？你说了也改变不了。但同时她们又有非常彪悍和生猛的一面：在地铁上跟人对骂，互相厮打。

我知道这么黑中国女性肯定会被人骂，但还是要说，现在有些中国女性既不像传统中国女性那样贤惠能持家，又没有西方女性那样的独立自主，就是极度自私和自我。所以才会有这样的段子，说现在女人希望找到的男人就是：有车有房、父母双亡。她们什么都不想付出，只想一切都是现成的。可无论是感情还是婚姻，都是需要双方共同付出才能持久的。

不过在婚恋这个问题上，男女多少还是有些不平等的。最明显的就是年龄的不平等。我很理解、同情中国女性恨嫁，因为中国男性骨子里还是繁殖恋，选择年轻的女孩也是从繁殖角度考虑，因为女人到了35岁就是高龄产妇了。但男人的年龄就不是问题，在中国，他们觉得男人只要事业有成，就不用担心找不到姑娘。

至于我自己，我是个老单身汉了，不着急结婚。在北京，娱乐项目很多，如果不是真心爱一个人，为什么要跟她浪费时间呢？我欣赏有个性的女人，年龄什么的我根本不在意，大龄产妇又怎样？我又不是因为想跟她生孩子才喜欢她的。

不改变心态，嫁给谁都不会幸福

受访者：勾勾

性别：女

年龄：33

职业：老师

采访手记：勾勾是我的大学同学，更是我朋友圈里的活宝。每次聚会要是少了她，就像菜里忘了放盐一样，叫人索然无味。她总跟饭局上长得最漂亮的姑娘合影，然后在她的头像上方PS两个字：“女神”。埋单的时候，她也总是结账最积极的那个，如果谁不识趣地提出要AA制，她立刻翻脸：“还能不能愉快地吃饭了？”关于她不喜欢AA制的原因，她给出的官方解释是："我是天秤座，讲究公平，我吃了3/4的菜却付1/2的钱，臣妾做不到啊！"勾勾喜欢写打油诗，健身时，她会诗兴大发："风动、幡动，心别乱动。该动会动，直着腰板做有氧运动。"喝中药时，也有作诗的灵感："生活全凭想象，一杯苦口的良药，可以把它想象成一杯热巧克力，或是一杯美式咖啡，然后用喝冰镇啤酒的方式，一饮而尽。"就算生气，也不忘赋诗一首："骂人，打脸；打脸，诛心。打左脸，送右脸？臣妾做不到。我没有好脸。"

在她30岁生日那天，她给自己起了个昵称叫少女张，她说她要活出一个大写的少女。我们一众姐妹谁敢不服的话，她就来说服我们。这画面太美，我们真是不敢不服。不过，撕开这位喜感少女的外包装，你会发现，里面躲着一颗多愁善感的心。

口述实录：

三年前，我参加一个相亲大会，在八分钟环节认识一个男的，他给我留下的印象只有俩字：烦人。出于礼貌，我留下了QQ。加了好友后，对他的印象变成了四个字：真是烦人。我就把他拉黑了。几个月前，有人给我介绍一个相亲对象，加了微信后，一看名字，我就认出了他。我默默地祈祷，希望他不要认出我。

后来，他约我出来，我就找理由搪塞，不想见面。他给我发来一段信息，说：“三年前，你就假清高，现在还这样，你不就是老师吗？臭知识分子，有什么可清高的。你想找的那种好条件男人根本就看不上你，人家都找‘90后’了，你将来的结局就是当孩子后妈！”我一下就哭了，坐在我家七楼的窗台上，特别伤心。我恨自己，怎么沦落到这种地步，要和这种人打交道。如果我不是单身的话，这种人怎么能有机会伤害我呢？

单身确实让人恐慌。几年前，我们单位一个女同事结婚了。她是教C语言的老师，她老公是保安，人长得挺高，模样也行，可给人的感觉却是浑身上下每个汗毛孔都在晃。第一次见面的时候，他就问我们：“你们能赚多少钱啊？”他跟我们明显不是一个世界的，但我那个女同事不在乎这些。她当时32岁了，觉得年龄大了，能找个人结婚就不错了。我的另一个女同事，也是一个单身姑娘，哭着跟我说：“勾勾，你说将来我们不会也找一个这样的男人吧？”

一晃，我也32岁了，我妈为我的婚事操碎了心。她找过各种“大师”给我算命，有的说我心高，还给我妈画了个符，让她回家之后冲着朝南的方向烧掉。还有一个“大师”说我命中注定孤老，因为我是天上的仙儿变的，“你看佛啊，菩萨啊，哪有成家的？”这个“大师”还告诉我妈，虽然很难办，但他可以破解，但要一万块钱。要不是我拦着，我妈真的差点给那人一万块钱。

我妈对我可能是绝望了，她后来甚至跟我说：“丫头，你先找个人把婚结了，生个孩子，哪怕再离婚也行啊！到时候我们帮你养孩子，你愿意干什么就干什么！”你说得把一个当妈的逼成什么样，才能说出这种话来？我觉得很对不起我妈，但我也不能按照她说的做啊！如果我愿意跟一个男人生孩子，我怎么可能和他离婚呢？如果我不爱他，先不说我根本就没办法跟他生孩子，就算能生，对孩子也不公平啊！

我现在最烦别人问我：“你怎么还不结婚呢？”如果我说：“没有合适的！”对方会说：“太挑了吧，差不多得了！都这么大了！”我的一个朋友结婚很多年，没有小孩，她也最讨厌别人问她：“怎么还不要小孩子啊？”如果她说：“暂时不想要！”人家就会继续说：“都不小了，还不要孩子，啥时候要啊？”

中国人对“隐私”这俩字真的毫无概念，他们从不觉得问你“怎么还没结婚呢”或者“怎么还不要小孩”是不礼貌的。“这不就是闲聊天嘛，问一问怎么了？”他们都这么想，可每个人都有难言之隐，很多时候，这种“问一问怎么了”的闲聊就是戳别人的痛处。更何况别人没有义务跟你解释他为什么没结婚，没生小孩。

我还认识一些人，表面上打着关心你的旗号，其实是在看你的笑话。“你没对象我是真心为你着急啊，但我周围跟你年龄相仿的男人吧，人家都找20岁出头的，我都介绍成功好几对儿了。”也有以成功人士姿态劝你的：“不是我说你啊，你就是太挑了，不但要有好感的，还要有共同语言的。照你这个挑法，什么时候能结上婚啊？你看我老公，当初我也没看上他，凑合结婚了，现在他事业多成功啊，我不也妻凭夫贵了嘛！”还有那种不分场合就要刺激你一下的，比如大家正一起吃饭，我说，我想去哪儿玩一圈，那里的风景特别好。就有人跳出来说道：“你长点心吧，有工夫赶紧找对象。我都替你急！”你说，替我急的人能比我自己更急吗？有些事急也没有用，你天天这么说反而让我不舒服。

真正关心你的人从来不会这么对你。他们知道你需要的是什么，你的软肋在哪儿，尽量不去触碰。我经常跟大学时期的一群朋友聚会，聚在一起总有聊不完的话题，他们基本上都结婚有孩儿了，但聚会的时候，没人拿我不结婚说事，他们甚至刻意回避这个话题，怕我不舒服，但私底下，会帮我介绍男朋友。

我对另一半的要求其实不高，就是基本三观要一致。比如我是享受型的人，我愿意把钱用在吃喝玩乐上。我未来的另一半在这点上必须跟我一致。我有一个同事，为人实在，我们也聊得来，但消费观却有很大差异。她已经结婚了，有车有房，存款近百万，但日子过的特别节约。如果我在朋友圈晒咖啡厅的照片，她会留言说我太不会过日子了，她从来没喝过咖啡。有一回，我请她吃日料，她不敢吃，说："就这么生着吃？"后来结账，发现很贵，就大叫以后再也不吃了。我们俩一块逛街，只要超过300元的衣服，她就两手叉腰，站得远远的。我说："大姐，你也算是富婆了，不能总穿淘宝爆款吧？"

有一回，她和她老公出去吃饭，让我推荐餐厅，我没敢推荐太贵的，他俩总共花了一百多吧，现在去个差不多的馆子吃顿饭基本都这个价了，她觉得贵，跟我说："太不值了，花了一百多，也没吃几道菜。"我不是反对她勤俭持家，只要她高兴，这样也没什么不好的。但如果我的另一半和她一样，肯定过不到一起去啊！

我的一个闺密是李宇春的粉丝，李宇春的演唱会她是必去的，她老公虽然不喜欢李宇春，但从不反对她追星，也支持她去看演唱会。但有的男人一定会反对："看那玩意儿有啥意思啊？"所以，找一个支持自己爱好的老公很重要，哪怕我的爱好在他看来是荒唐的。

对了，开始我不是给你讲我坐在七楼的窗台上哭吗？那个故事还没说完呢！那天，等我哭完，低头这么一看，把我惊着了。我家楼下聚了好几个人，交头接耳的，一个大妈看见我正望着他们，就大声地冲我喊："姑娘，有什么事儿，都别想不开啊！"原来他们以为我要自杀呢！我尴尬地从窗台上下来，赶紧把窗户关上了。

我臊眉耷眼地瞟了一眼镜子，镜子里的那个人灰头土脸，一脸怨妇样，连我看了都心生讨厌。人生有很多契机，我的契机就在那一刻，我突然意识到，我的人生究竟会活成悲剧还是喜剧，并不依赖任何人，而是靠我自己。如果我不拥有让自己幸福的能力，就算我现在结婚了，有一个爱我的老公，我也不会真的拥有幸福。毕竟"公主与王子从此过上了幸福生活”只存在于童话中，生活里总有意想不到的烦恼，将自己的幸福寄托在别人身上是多么可悲的事情啊，它只会让我变成怨妇，变成别人眼里的一个想自杀的人。

曾经有很长一段时间，我每日都是呼朋唤友的。因为我需要向别人证明：你看，我活得很快乐啊，我有这么多朋友呢，每天吃喝玩乐，没有男朋友又怎么了！现在我意识到，那是多么虚弱的表现，一个真正强大的人即使一个人也可以让自己快乐。现在即使不和朋友们聚会，我的生活也很充实。我开始健身了。第一，是为了自己有个好身体；第二，也是为了有个好身材。不是有句话说嘛，健身比整容还有效呢！我的教练告诉我，健身还有一个好处，就是能让人有个好心态。他说，之前有一个姑娘结婚三个月就离了，开始时郁郁寡欢，健身半年，整个人精神多了，又换了一份不错的新工作。

如今，焦虑还会时不时地来拜访我，但我始终不绝望。我相信，只要我活着就会有一个好的归宿，我要活得美美的，我要健健康康的，我要把自己保养得好好的，即使40岁，我还能生一个大胖娃娃。《圣经》里的一句话我特别喜欢，送给大家：有福的人，必得活得像一棵树——

不寄望他人，牢牢地扎根在生活的洪流里，不疾不徐，不蔓不枝，按时开花，按时结果，叶子永不枯干，风雨中才更见翠绿。

爱情和自由，比一纸婚书有意义

受访者：晴子

性别：女

年龄：28

职业：外企白领

采访手记：“我觉得结不结婚实在是个很小的事情，能不能做自己想做的事才是大事，在国内压力太大了，我跑到香港也算脱离魔掌了。我今年28岁，现在的状态是，有个很相爱的男友，但大家都不着急，也没想过要去领张结婚证。大家互相尊重且相爱，状态很好。”这是晴子给我写的第一封邮件。当大部分姑娘抱怨“为什么相爱的男友迟迟不肯和我结婚”的时候，有位姑娘却说“进入适婚年龄，有一个相爱的男朋友却不想结婚”是多么特别的存在。我想知道究竟是怎样的经历让晴子不像大多数女孩那般拥有结婚的执念。但我们一直未能有见面的机会，于是我用邮件完成了采访，下面是我了解到的晴子的故事。

口述实录：

我念大二时，家里就开始安排相亲了。主要是我家境不错，父母想趁早给我介绍那些经过他们挑选的男孩，这样就不用担心我自己找到什么不靠谱的男朋友了。但我爸妈给我介绍的这些相亲对象一个都没成，不是我看不上对方，就是对方看不上我。

后来我到香港念研究生，有一部分原因就是想逃离父母给我安排的各种相亲。谁知道，在香港就遇见了我现在的男朋友。我们是同学，但他年长我十岁。我戏称他是“老年同学”，但我还蛮欣赏他这样想读书就读书的人。

不过，读书的那一年，我们完全不熟，几乎都没说过什么话。第二学年的时候，学校安排我们去实习，他正巧是我的实习伙伴。起初我们的关系并不好，因为工作风格差别蛮大的。他小心谨慎，我大大咧咧。一起工作的时候，他总是开玩笑说我好低能。我当时很玻璃心，觉得这个人太粗鲁了。

实习快要结束的时候，我外婆去世了。得知不幸消息的那天，我们正好在搞一个大型活动。吃完午饭，我们俩从公司往会场走，他可能觉得我有点心不在焉吧，就说："我就知道你的心思不在工作上。"

我忍不住了，"哇"的一声就哭了出来。他吓了一跳，慌忙给我递纸巾，说是不是他说错了什么话。我哽咽地说："我外婆去世了。"他走上前，抱住了我，劝我不要哭了，还说，他会永远在我身边的。我觉得他的臂弯好温暖，好有安全感。

那之后不久，我们就在一起了。他这时候才告诉我，他8年前患过癌症，虽然经过治疗现在病好了，但还是有复发的概率。他一直不想拍拖，也没想过结婚，就是因为不想以后只剩下妻子一个人，他希望我能理解，如果理解不了，那做好朋友其实也没关系。毕竟当时我们刚确定关系，感情没那么深。听他这么说，我心里只有两个想法：一是怎么不早说啊？二是他这么说不会就是为了考验我吧？

其实是否结婚，我并不在意，我那时才24岁，根本就没想过结婚这件事。而且，我对婚姻也没那么大的向往，我不像很多女孩那样，从小就梦想着披上婚纱的那一刻。这跟我的成长环境有关。虽然我家条件不错，但我不是一个从小在幸福家庭中长大的小孩，我妈妈常常说我爸爸的坏话，我爸爸也常常骂我妈妈不好。我今天还看到一段话："为了孩子不离婚的人都赶快去离婚吧，因为单亲的孩子总比在一个充满家庭矛盾的地方成长的孩子要健康一些。"我真是太同意了。

我只是想身边有一个人，我爱他，他也爱我，我们开开心心地在一起，就够了。一纸婚书没那么重要。所以，我最终决定和他在一起。在我们同居前，几乎每个晚上都能聊一两个小时的电话。我问他："是不是因为我们热恋，所以才有这么多话说啊？以后热恋期过了，我们还会聊这么久吗？"他说："当然了，我们每天都会遇见不同的人和事，我都可以讲给你听啊，只要你不觉得无聊，我们总会有说不完的话。"我当时还半信半疑，但现在我们在一起四年了，却还是无话不谈的好朋友，我们仍然有好多话想说，好多事想要分享。

我最欣赏他的一点是，无论我跟他说什么，他都不会

judge（评判）我，只会就事论事地和我讨论。这是我父母都做不到的，我父母经常说："你不要这样啊，你不要那样啊，这个不好啊，这样做又怎样怎样……"但他从来不是这种态度，就算我真的做错了决定，他也会说，没关系啊。我很喜欢的一句台词是这么说的：I didn't marry you for good points, I married you to blindly support me no matter how ridiculous I'm being（我娶你不是因为你说话有道理，而是不管我有多荒谬，你都会盲目支持我）。

我感觉自己就算是在一段关系里，也非常非常地自由。这或许也是我愿意继续和他在一起的缘故。对我来说，自由比一段彼此束缚的婚姻关系更重要！今年，我们刚刚一起买了房子，准备非常尊重对方地一起生活下去。就算我们一辈子不结婚，也无所谓，能找到一个了解自己又完全能接纳自己的人，比找个老公难太多太多了。我只希望他有生之年都在我们的爱中度过。如果他走了，我会再找一个爱我的人，不让他担心只剩下我一个人会很孤独。

没有谁真的嫁不出去

受访者：熊爸

性别：男

年龄：34

职业：古董艺术品投资拍卖

采访手记：熊爸喝了一口啤酒后，身体便像松懈的皮筋一样，靠在了椅背上。他既像是在跟我说话，又像是喃喃自语："我好像也没什么可说的。"他脚下正卧着一只叫熊熊的白色小狗。熊爸的名字便来源于此。我最初认识他时，他还不叫熊爸。我们相识于一个网络电影论坛，那时他还在加拿大留学，业余时间去温哥华国际电影节做义工，经常与名导、明星亲密接触。我们第一次见面是在论坛举行的聚会上，当时他已经回国。他中等的个头，体型匀称，五官没有让人印象深刻之处，但组合到一起却给人一种舒适感。他很健谈，但又懂得何时闭嘴，不抢别人说话的风头。

《非诚勿扰2》是他很喜欢的一部电影，他的婚恋观也与这部电影传递的婚恋观一致："婚姻怎么选都是错的，长久的婚姻就是将错就错。"不过，他目前并不想和任何人将错就错下去，他更享受自由自在的单身生活。"哪怕孤独终老也不怕？"我问。他沉思了片刻，摇了摇头："生老病死是每个人都要独自面对的人生课题，无论你结婚还是不结婚。"

口述实录：

我以前觉得婚姻是女人为了绑住男人的自由而发明的，后来我反倒认为它是男人为了绑住女人而设计的，因为男人中有一些弱者，无论是体力上的还是智力上的，为了能得到一个女人，就要用一些手段，比如用婚姻把女人约束住。把二十几岁的单身姑娘定义为剩女，认为女人过了30岁就找不到好男人了，这都是一种洗脑。

现在很多年轻人觉得自己单身，找不到对象，那些困扰其实是假象，实际情况是，他们如果真想找，肯定能找到，他们只不过没找到理想中的那个人。我有一个朋友就是很着急结婚的姑娘，她今年32岁，家人总催她。她人漂亮，工作也好，但她眼光高，中国很多所谓“剩女”都是因为自身条件太好了。我作为一个旁观者觉得，她想结婚完全是出于舆论的压力，认为人到了什么年纪就该干什么事，抱着这个目的结婚不是真的想结婚，如果真心想结婚，以当前这种什么都能凑合的心态，那不早结了？

当然，如果有人真觉得完了，我被剩下了，不行了，那只能说他被洗脑洗得太深了，被社会和家里的压力逼得太狠了。在这样的压力下结婚，婚后幸福的概率肯定非常小。我周围结婚的朋友，真正幸福的是极少数，维持表面幸福的很多，离婚的也很多。当然，我不会因为这样就很阴暗地认为婚姻不好。我相信，肯定有好的婚姻，只不过我们这一代人更自我，受到的诱惑更多，越来越难从婚姻这种制度中获得幸福了。

《非诚勿扰2》里葛优饰演的秦奋说：“婚姻怎么选都是错的。”这话说得太对了，不是说因为婚姻是错的，你就不该结，而是婚姻本身一定会让你有幻灭感，除非你们俩每天都给对方洗脑：我们幸福，我们幸福。所以，也许最好的婚姻是将错就错。你知道它是错的，就继续把它错下去。

我从来没有走到过结婚这一步，只是有两次可能走进婚姻的机会。第一次是和我的初恋。我们俩是高中同学，后来一起去温哥华留学。我们在一起五年，分手是因为她劈腿，后来她和那个人结婚了，还生了两个孩子。前不久，她带着两个孩子回国，我们还见了一面。我们有整整十年没见了，却没有一点生疏感。她已经跟老公分手了，因为对方婚内出轨。她开玩笑地跟我说："这算为你报仇了吧？"我说："不能这么说，报仇我该得到点好处吧？现在我什么都没得到啊！"

当初分手时，我是很痛苦的，但现在，我不但理解她，还要感谢她。如果不是她劈腿，我们就得结婚了，她跟我说过，她爸妈那时候已经准备让我们结婚了。当时我们才二十五六岁，懵懵懂懂的年纪，要真结了婚，我未必能对她多好，也没准先把持不住出轨的人是我呢？这都不好说。

还有一次想结婚是因为我当时喜欢上一个女孩，她是模特，人善良又漂亮。但我们俩是两个世界的人，完全不合适，也没什么精神上的交流。我就是因为太喜欢她了，想用婚姻留住她，才会在违背自己意愿的情况下，想要和她结婚。但她没同意，现在想想真是庆幸。三观完全不同的人结婚后，一定痛苦不堪，肯定要离婚。

两个人，只有彼此都是独立的人格才能有更好的关系。但中国男女的两性关系要么是男人太依靠女人了，潜意识里想找个妈，管着自己；要么是女人觉得无论是从经济上还是生活上都想依靠一个男人，想让他保护自己。互相都是有所图的关系。

还是举《非诚勿扰2》里的一句台词——我特别喜欢这部电影——葛优跟孙红雷和姚晨说："你们俩离了婚再做朋友，这朋友做的才能踏实，谁也不图谁什么了。"我觉得这话很对。老外大都比较尊重各自的独立人格，两人在一起就是因为相爱、感情好，这样走进婚姻反而更容易幸福。但多数人的婚姻承载了太多不应该由婚姻承载的东西，分分钟就把婚姻压垮了。

我前段时间看到一个说法：你在很年轻的时候结婚，二十来岁啊，三十来岁啊，就想着白头到老，携手一生，那你考虑这个问题太早了，应该五六十岁再去考虑，那个时候如果你身边的人还是你的原配，要好好和他携手，要是已经离过婚了，或者从来没结过，到五六十岁再找一个老伴，也挺健康的。

我没有繁殖恋的思想，必须为了小孩也要结婚什么的。很多人说，你对狗这么好（以前，它的爪子红红的，因为它对普通的狗粮过敏，我在国外非营利的网站，选择全世界最好的几种狗粮给它换着吃，现在，它不过敏了，毛也比以前更白了），肯定也对孩子好。我不这么认为。

我对我家熊熊好是因为熊熊比任何人对我都好。每天我回家，它都会摇着尾巴跑过来，一百次回来，一百次这样，从来不会消极怠工，就这种敬业精神，人都做不到。要不说，你认识的人越多就越喜欢狗呢！当然了，这些复杂的感情可能都是我们人想出来，狗不懂这些，但那又怎么样呢？我感受到的就是它朝我扑过来，对我好，又爱我！小孩又哭又闹，你要给他换尿布，要干这干那，狗没有这么多要求。最重要的是，你对狗没有期望，你心甘情愿地单向付出，但对孩子，即使是最理性的人也会不可避免地有期待，一旦有了期待回报的念头，失望就不可避免了。

中国人常有养儿防老的想法。我深深地认为，如果你抱着这样的想法生小孩，大多会失望。未来是变化的，你的儿女可能离你很远，只是偶尔回来看看你。所以，无论有小孩没小孩，都得学会跟自己相处，让自己过得开心，你不能总是走上一辈人的老路，除了孩子就什么都没有了。就是因为一些父母把全部精力都放在孩子身上，才会整天逼着孩子结婚，觉得不结婚就不行，我是很反感这样的，你就不能有点自己的事儿吗？

为什么要被“没孩子没老伴就晚景凄凉”这种观点洗脑呢？乐观点儿说，等我们老了之后，或许会有新的科技发展出来，人工智能就会陪着我们了，你看最近挺火的一部英剧《真实的人类》，人工智能长得跟人一样，它们还永远年轻，充电就行！当然，目前这是胡说八道。一个人过习惯了以后，就有一个人过的方式了，也会知道一个人怎么过才开心。再说了，没有家人，还有朋友，现在网络这么发达，会遇到很多跟自己有一样想法的人，到时候大家一起去养老院，也可以啊，没必要考虑那些让自己担忧的事儿，我们活到什么时候都不知道呢，对不对？

我是做古董艺术品投资拍卖的，从理论上来说，想要好好做生意，要天天上班，但我宁愿放弃一些赚钱的机会，选择现在不用上班，过相对舒服自在的生活。因为时间就很贵，没什么都不能没时间。我要做时间上的土豪。有人觉得我不上进，可是努力让自己过得开开心心也是一种上进啊，谁说上进就一定要事业有成呢?

我喜欢旅行，最近去日本比较多，已经去过四次了。我常常是一个人去旅行，从来不会觉得孤独，旅途中会遇到来自世界各地的朋友，非常有趣。在冲绳，我遇到个瑞士的小伙子，他的正经职业是瑞士机场的空管员，业余职业是摄影师。他给我推荐了一个他去过的岛，那儿的海滩空无一人。我第二天去了，发现是真的，整整一个海滩就只有我一个人。我激动得脱光了衣服，躺在沙滩上。过了一会儿，走来了三只庆良间鹿（已被列为日本国宝），远远地看着我，那感觉就像在做梦。

在去日本的屋久岛（宫崎骏《幽灵公主》取景地）的路上，我遇到了来自美国加州的一个小伙子，他手机里竟然有微信。他是辞掉了工作来亚洲旅行的，之前去过张家界。在屋久岛，我住过一家民宿。老板娘叫今崎里美。二十年前，她和丈夫从京都来到屋久岛经营起了这家民宿。五年前，她丈夫因病去世了。按照中国人的传统观念：孤苦伶仃，寡居小岛多悲惨啊！但她乐观开朗，种花养猫，独自把民宿打理得井井有条。她几乎认识全岛的人，每天会遇到不同的游客，也能收到很多游客从世界各地寄来的问候和礼物。

在这家民宿我遇到了两个日本朋友：一个叫矢部幸弘，来自埼玉县。他已经连续旅行了两年，前不久旅行正式结束，要在东京开自己的烧鸟店，还通知我有机会去光顾呢！另一个叫黑泽骏，来自山梨县。他很年轻，正利用大学毕业之前的gap year 骑行全日本。他打算用三个月的时间走遍日本的47个都、道、府、县，这也是我的想法，但我可能要用更长的时间，虽然我现在已经完成了1/4的旅程。

我喜欢吃，去日本前还研究了那里的米其林餐厅，价格很公道，贵的米其林三星两三千一位，便宜的只有七八百元。我专门去吃了寿司之神小野二郎家的寿司。在他家吃寿司是一件很有格调的事，我吃得很紧张，因为他太有名了，是“神”嘛，又那么难预约，但要说比其他米其林寿司店好吃多少，我也说不出来。

作为《孤独的美食家》的粉丝，我按图索骥地找到了五郎去过的一些饭馆，进去后，坐在五郎坐过的位置，把五郎吃饭的那集拿出来，给老板看。开始我只是满足自己的粉丝心态，但出乎我意料的是，每家店的食物都非常好吃。现在，《孤独的美食家》已经成了我在日本玩的美食地图了。“不被时间和社会束缚，幸福地填饱肚子。在那短暂的时间里，他可以随心所欲，变得自由，不被任何人打扰，无须介怀地大快朵颐。这种孤高的行为，正是现代人被平等赋予的——最佳治愈。”我越来越理解《孤独的美食家》这段开场白了。

吃、旅行和电影是我热爱的三件事，我朋友圈晒的最多的也是这三件，它们背后的含义就是：人生嘛，怎么能让自己开心，就怎么来呗。我是一个悲观的虚无主义者，觉得人生其实毫无意义，要承认这点，就像要承认我们生来就是孤独的，而且到死都是孤独的，然后才可以活得高兴点儿。对我来说，活得高兴才是人生的大事，结不结婚的，根本不叫事儿。

愿得一人心，白首不相离

受访者：李三

性别：女

年龄：32

职业：杂志主编

采访手记：李三是我采访的第一个，也是唯一一个女同性恋。当我见到她时，忍不住仔细打量起她来。她个头比我高，身材比我瘦弱，头发很短，短得像刚长出来一样。她的下颌骨突出，颧骨上布满了淡淡的雀斑，鼻梁上架着一副无框眼镜，透过眼镜能看见一双细长的眼睛。她是平直眉，在眉心处藏着一颗痣。据说，眉心有痣的人大都聪明。她的嘴唇又薄又小，嘴角边有两条不太明显的向下倾斜的纹路。她拎着一只原色植鞣复古皮公文包，穿着浅灰色的呢子大衣，白色的针织衫和亚麻色的阔腿裤，透着一股时下最流行的“性冷淡风”。不知道是这股“性冷淡风”还是她的身份敏感，让我有点紧张。我在心里反复斟酌着开场白，可当我们四目相接时，这个问题竟然消失得无影无踪。我尴尬地咳嗽了两声，她一定是察觉到了我的不安，没等我发问，就善解人意地开始了讲述。她讲故事的语调平缓柔和，但我却听哭了，我发现：在感情的世界里，没有同性与异性之分，只有爱与不爱的区别。

口述实录：

我从小就对男孩子不太关注。第一个有感觉的人是我的初中同桌，她对我特别好，我对她有一种依恋的感觉。但那时候我不知道自己是同性恋，更不知道我和她之间的这种感情是喜欢还是爱。我们现在还保持着联系，是彼此非常珍视的朋友，每年我过生日的凌晨，她的祝福都会准时送达。她过生日的凌晨，我的祝福也同样准时送达。

高中时，我曾被一个擅长跑步的女孩子吸引，那种感觉很微妙，就是情不自禁地想要关注她。我对男孩子从来没有过这种感觉。上大学前的那个暑假，我正好接触到网络，浏览了很多论坛，眼前就像突然打开了一扇大门，一个既熟悉又陌生的世界在我面前清晰地展开了，我沉浸其中，完成了自我认知。我是很容易接受自己性格的人，即便我喜欢的是同性，也不会觉得自己不正常。

大一入学时，正好赶上校庆，《同一首歌》节目组来我们学校。我跟一位同学到高年级的班里看电视直播，在那里，遇见了一个学姐，她给我一种似曾相识的感觉，让我抑制不住地心跳，脸发烧，坐立难安。这应该就是传说中的一见钟情吧？！

我的一个老乡正巧跟学姐在一起上课，学姐是人见人爱的女孩，我的老乡也特别欣赏她，给我讲了许多学姐的事情，我的脑海中突然跳出了学姐的名字。我问老乡，学姐是不是叫这个名字。老乡很惊讶：“对啊，你认识她？”

我也很震惊。我说的名字是我高中老师女儿的名字。我的高中老师常常会在课上提到她在大学念书的女儿。竟然会这么巧！那种不可不信缘的山崩地裂感瞬间就席卷了我的全身，让我的头皮发麻。那年我18岁，我觉得自己十八年前所经历的一切都是为了在这一刻遇见她。

学姐比我高两届，我遇见她时，她已经大三了。我那时大一，每天无所事事，就到学姐的学院转悠，看他们班级的课程表，看她的成绩单，看她得了几等奖学金，看她参加的各种活动。但从来没想过要认识她，我当时对自己说，不要打扰到她。现在想想，我是自卑的。在我眼中，学姐像太阳一样耀眼，是女神一样的存在。

“你知道满天星的花语是什么吗？就是甘愿做配角，没有人知道我一直爱着你，我怀揣着对你的爱，就像是怀揣着赃物的窃贼一样，从来不敢把自己暴露在光天化日之下。”这是一句电影的台词，准确地形容了我对学姐的情感。我就这么偷偷地喜欢着学姐。回头去看，我都做了什么呀。我完全是个跟踪狂，去她常光顾的餐馆吃饭；去她经常在的自习室看书；还站在学校的综合楼楼顶，希望能看到她从学院里走出来，再走到图书馆，那段路大概300米，真的有好多次，我的希望都实现了。看着学姐一步一步地走过那300米的距离，好像那是专属于我的距离。那会儿流行博客，我就把每次看到学姐的场景都记在里面。

大二那年，通过我的老乡，我得到了学姐的QQ号。那年，学姐大四了，是毕业季，我的心里开始有分别的疼，只要一想到以后再也看不到学姐，心里就像被大石头碾过，慌得不行。毕业临近时，我知道学姐会参加一个活动，就提前准备好了一封信，在信的末尾附上了我的博客地址。活动结束后，我挤过人群，气喘吁吁地来到学姐身旁，颤抖着把信塞到了她的手里。当时我说了什么，现在已经完全记不得了，可能我什么都没说，那天我实在太紧张了。

这封表白信会不会吓到学姐？会不会被学姐当成神经病？我都管不了了，我就是要这样做，我绝不能让学姐消失在我的生命里。塞完信后，我来到网吧，双手颤抖着加了学姐的QQ号。没课的时候，我就去网吧看看，学姐有没有通过我的验证，有没有回复，现在也记不清是第几次去看了，学姐终于通过了验证，还回复了我，她说："谢谢你，但我心里已经有人了。"

虽然明明知道会是这样的结局，却还忍不住失望。但我并不气馁，毕竟和学姐有联系了啊，我就继续给学姐留言，继续更新博客，写下我对学姐的思念。什么"我爱你，和你没关系"这种矫情的话都往上写。唉，现在想想，我的脸皮可真够厚的。

学姐到北京读研的前两年，我们只在QQ上联系，相互的留言应该不超过十次。但她依然是我的精神支柱，为了接近她，两年后，我考到了北京的一所大学读研究生。在北京的第一个秋天，学姐约我见面，还给我留下了她的手机号。我不是对号码敏感的人，但学姐的电话号码我却只看一眼就记住了，直到现在我都能背得出来。

见面那天，我把柜子里的衣服反复试穿了好几遍，幸亏我柜子里的衣服少。虽说学姐那时候已经恋爱了，我对学姐没有任何非分之想，但我还是控制不了自己的情绪。我真是又紧张又激动、又高兴又无措，许多复杂的感情交织在一起，心是发抖的。我说话语无伦次，又有点不正常的亢奋。学姐真的好包容我啊！我至今都感谢她，没有把我当成神经病，没有因为我对她的同性感情而排斥我、看低我，或者摆出高高在上的样子，而是一直包容着我。

当然，她也没有给我在“爱”上的任何回应，不曾给过我任何暧昧却无望的希望。在以后的日子里，我常常会想起我对学姐的这种感情，我看似是情深的那一个，其实是极为自私的，只是不管不顾地爱着、矫情着。而学姐要顾及更多，既要不伤我的自尊，又要保持一种合适的距离，还要照顾到她的恋人。

除了爱情，学姐让我体会到了什么是照顾、包容和理解。我们在一起吃饭的次数虽然很少，但每次吃饭，她总会不停地给我夹菜，在北京，她是唯一一个为我不停夹菜的人。后来，我对学姐说，我喜欢上了一个同学，感觉学姐终于松了一口气……再往后，学姐越来越像我的家人，无论什么事情，不管是工作上还是恋爱上遇到了问题，我都愿意跟学姐讲。

有一阵子，我过得糟透了，恋人离开，工作不顺，还生了一场大病。学姐带我去了医院，还不离不弃地照顾我。她那阵子工作也很忙，可就算她工作熬了一个通宵，都会来我家给我做饭。我觉得太对不起学姐了，我究竟何德何能得到了她这样的一份情。我不是一个勇敢的人，当年能够厚着脸皮，鼓起勇气追学姐，在学姐的包容下找到合适的方式共处，这一点，我对自己很满意。

我现在的女朋友曾很吃学姐的醋，我会跟她讲，我与学姐之间没有任何暧昧，因为没有，所以坦荡。这一生，能有学姐，我很知足。我们爱着对方，这种爱不是爱情，也不是暧昧，是十几年的信任与最实在的相处。对我而言，学姐是我不需要隐藏自己任何弱点与缺点的人，是我有需要的时候可以没有任何负担去找的人，希望在学姐心里，我也是她可以依靠的人。

如果问我与学姐之间有什么缺憾，我只对一件事耿耿于怀。那是2008年的一天晚上，我和同学在操场上跑步，一抬头，发现天空中出现了一张笑脸。那是一轮弯月和两旁闪烁的两颗星星组合在一起的效果。后来我知道，这种现象学名叫双星拱月，位于月亮左上方的那一颗是金星，右上方的那一颗是木星。

我当时特别想告诉学姐，让她抬起头，看看天。可我没带手机，又不好意思借同学的手机发这样的短信。心想：等明天晚上天空再出现笑脸的时候，再告诉学姐。可第二天却看到新闻说，这是几十年难遇的一次双星拱月。这件事我至今不能释怀，不知道此生还会不会遇到双星拱月，如果能够遇到，无论我年龄几何、无论身处何方、无论身边的人是谁，我都会告诉学姐，让她抬起头，跟我一起看天。

我父母和家人都不知道我的性取向，我不会跟他们说，他们理解不了，我也不想徒增他们的烦恼。我的家庭相较于同龄人来说比较不一样，我家一共有三个孩子，我是老小，我哥比我大14岁，我姐长我12岁。我今年30岁，我父母都七十多岁了。

在我们家里，儿子与女儿的待遇差别是极大的，我父亲的眼里只有我哥哥，我母亲的眼里有哥哥，姐姐，最后才是我。我是在哥哥姐姐的疼爱和父亲母亲的忽视下长大的。小时候，我父亲在教育局工作，非常忙，我几乎碰不到他，也对他心存恐惧，所以极少与他说话。

父亲曾讲过一件事：在我读初中的时候，他有一天到我们学校检查工作，看到楼道里有一个小孩儿，又瘦又小的，看着还有点眼熟，正面看时，才发现是我，他的小女儿。父亲说，他当时很难受，自己的女儿这么瘦、这么小，他竟然不知道。

我小时候的衣食住行是由姐姐负责的。我父母那一代人，是苦过来的，他们不懂得怎么表达感情，更谈不上与孩子沟通，他们需要支撑一个家庭，没有时间来关注孩子的情绪。这也造成我的童年、少年及至青春时期与家庭，更确切地说是与父母的疏离。

从小到大，父亲只关注过我的几次重要考试：中考、高考和考研。从念初中起，我就住校了，从来没有想过家。到了大学才开始有些想家，会往家里打电话，跟母亲聊些家长里短，慢慢地也与母亲的关系亲近了些。有时候，我会感觉，我还没有好好地在父母面前撒娇呢，他们就老了，该在我面前撒娇了。

25岁之前，父母从来没问过我的情感状况，最近这几年会念叨是该考虑结婚的时候了。早前，我会开玩笑地说，之前那么多年对我不管不问，现在你们想让我结婚我就得结婚，天下怎么有这样的好事？现在不这么说了，这样的话会让他们伤心。

其实我家人对我远没有到逼婚的程度。我父亲还是更操心我哥哥和他孙子的事。相较于独生子女父母的关注点全部在孩子一个人身上，我相对有自己的空间。我哥哥姐姐现在都结婚有孩子了，陪在爸妈身边，这多少会缓解他们对我结婚的焦虑。我也不会因为父母对我施加压力就结婚。如果父母施压就结婚，那接下来，父母让我要小孩怎么办？每年过年回家也是问题，一个谎言之后会有无数个谎言，这比不结婚的压力可大多了。

虽然我是同性恋，但没有感到这个身份带给我的压力，可能跟我的性格有关系，周围的人对我影响不大。我所感受到的压力反而是生而为人的压力，比如如何提升自己，如何突破工作的瓶颈，怎么才能赚到足够的钱在北京买房子，两个人相处的问题也不会因为是同性或异性就少一点。可能有人觉得同志伴侣关系更脆弱，因为没有法律约束；也有人觉得更稳固，因为知其不易，会更珍惜。但归根结底，还是人与人的关系。对我来说，重要的是找到一个人，她愿意与我一起走完这一生。法律承认与否，父母承认与否，朋友承认与否，都是次要的。

谁也不能逼我将就

受访者：大仁

性别：男

年龄：28

职业：体育记者

采访手记：大仁是我以前的同事。认识他时，他才20岁出头。他个子不高、体型匀称、皮肤黝黑，笑起来的时候整张脸都皱在一起，模样十分好笑。这个年轻男孩最讨人喜欢的地方是他的仁厚。有一回，他在单位门口的草丛里发现了一只刚出生就被遗弃的小白猫。没人知道它被遗弃了多久，当大仁把它抱到办公室时，它似乎奄奄一息了，不声不响地趴在纸盒箱里。大仁为它取名为小白。当天晚上，大仁就把小白抱去了宠物医院，做全面检查。医生告诉他，小白太小，完全没有自理能力，需要像对待婴儿一样，每隔几个小时要用奶瓶喂它吃奶，排便前，要用蘸过水的棉球先擦拭它的屁股才行。大仁竟然没嫌麻烦，真的像奶爸一样悉心地照料起小白。不久后，大仁发现，小白似乎看不见，也听不见。他又一次去了宠物医院，医生说，小白现在太小还无法判断，但根据大仁描述的情况，它确实有可能是又聋又瞎的。有位男同事跟大仁开玩笑："别养了，去做人道处理得了。"大仁却认真地说："它这么可怜我怎么能抛弃它，我要对它更好。"可惜，小白最终没能活过3个月。

对待一只猫都如此的大仁，对待感情更是一根筋。他只谈过一次恋爱，这段恋爱谈了十年。遗憾的是，这个早已被他当成老婆的姑娘最后却没能成为他的新娘。但他仍然坚持着 "你一出现，别人都显得不过如此"的择偶观。

口述实录：

我今年28岁，在北京勉强算小鲜肉，可在我出生的小城，我的那些同学早都成了孩儿他爹。近两年，每次回老家参加同学聚会，我都会被"逼婚"，曾经有要好的哥们儿也用过来人的口吻劝我：“不小了，找个合适的人结婚吧！过日子，用不着非找那么喜欢的。”

这话没错，但我做不到。我一定要找个我爱的姑娘，那日子过得才有劲儿啊！我喜欢李荣浩，他有一首歌叫《不将就》，里面唱道“你一出现，别人都显得不过如此”，就是这个意思。我是一个长情的人，她若生死相许，我必不离不弃。

说出来不怕你笑话，我就交往过一个女朋友，从我们认识到分手，有十年。她是我的高中同学，我对她算是一见钟情吧！她那时坐我前面，常常回过头来向我借一支铅笔、半块橡皮什么的，她特天真，我说什么她都相信，还总是很认真地问：“为什么啊？”她喜欢笑，笑的时候露出两颗小虎牙，我的心脏就怦怦地跳得厉害了。

她是学霸，每次考试都是前十名，有一回，她考了第十一名，难受得不行，跟我说：“我不想上晚自习了，你陪我出去疯吧！”我一听，心里乐开了花。当年正流行吃真知棒的棒棒糖，我给她买了好几个口味的，她最喜欢吃柠檬味的，我到现在都记得。

那次之后，我们就常常从晚自习开溜了。跟她在一起的时间过得总是特别快，好像做梦一样。我终于按捺不住，向她表白了，我心里挺有把握的，觉得她肯定也喜欢我，不然她怎么不找别的男生陪她呢！可万万没想到，她拒绝了我。当然了，她说得挺委婉的，大概意思是，她愿意和我做好朋友，很好很好的朋友，但我们应该以学业为重。

我那个失望啊，就像我走在大马路上，本来是阳光灿烂的天，忽然大雨点就砸了下来，把我当场淋成了落汤鸡。可雨过天晴后，我发现还是放不下她。只要她一回头，对我笑笑，我就又沦陷了。

我的一个哥们儿实在看不过去了，问我："你喜欢她什么啊，她要长相没长相，要身材没身材，你是学校足球队的队长，又会开赛车。干吗非要追她？"我跟我哥们儿说："你的审美不行，只喜欢俗的，她的美是小众的，只有我这种有很高审美能力的人才懂。"

我做了她三年的好朋友，诗意点儿的说法是守候在她身旁，但其实呢我就是愿意赖在她身边。每天晚自习后，我都送她回家，还故意走得很慢，就是想跟她多待一会儿。虽然从学校回我们俩的家根本不顺路。

高考结束后，她考上了当地的大学，我只考上了个大专。同学们一起吃散伙饭，然后，哭着各奔东西。我照例送她回家，我们俩一路都沉默着，我不知道她在想什么，我想的是以后不能每天和她朝夕相处了可怎么办？到了她家门前，她终于开口了："你会来我们学校看我吗？"

"当然了！"

"那你愿意和我在一起吗？"

我当时真的是对天长叹啊，三年，我等这句话足足等了三年。

都说男人花心，作为一个纯爷们，我表示不服。只要我心里住进了一个人，就再也容不下别人了，无论多漂亮的姑娘，在我眼里都是暗淡无光的，只有我女朋友最耀眼。我以前有个关系很好的姐妹儿，也是我的高中同学。高中毕业后，我们俩也经常联系，她是典型的漂亮女孩，大眼睛、鹅蛋脸。朋友们都说她比我女朋友好看，连我妈都夸她长得俊。但在我眼里，谁都漂亮不过我女朋友。后来有人提醒我，说那姐妹儿可能喜欢我。我不信啊，怎么可能，我们之间就是纯友谊啊！我这人可能反应也有点迟钝吧！有一回，那姐妹儿逛完街跑我家来了。

“你怎么不回自己家啊？”

“我太累了，要睡会儿。”她一边说，一边倒在我床上睡觉了。我就在屋里打游戏。她醒来时已经到了晚饭点，就又留下来一起吃了晚饭。吃完饭，闲扯了一阵，快9点的时候，她要回家。她家住的地方挺偏僻的，我怕她出事，就送她回家。

结果就是这么寸，那天晚上我女朋友正好从学校回来，她事先也没告诉我。我们仨正好在一个十字路口遇见了。我赶紧解释，她特别冷静地说：“嗯，你快送她回家吧！”然后，就一个人走了。我那姐妹儿觉得不对劲儿：“你快去追她吧！”男人都好面子，既然我女朋友给我留足面子，我肯定继续装啊：“没事儿。咱俩清清白白的，她不会生气的。”

把我姐妹儿送回家后，我以百米冲刺的速度直奔我女朋友家楼下，因为跑得太猛，我嗓子眼一阵发咸。到她家楼下了，却看见她家黑着灯！我赶紧给她打电话，没接，发短信，也不回。我心里开始翻腾，担心她真的生我气了。

我像个孤魂野鬼似的在她家楼下徘徊了好久才回家，那一晚，睡得也不踏实，结果第二天一早，她就给我打电话了，说她昨天睡得早，没听见电话响。我就一个劲儿地解释昨天到底怎么回事，她说："你别解释了，我相信你不可能做对不起我的事儿。"

我很感激她对我的信任。那以后，我刻意疏远了那个姐妹儿。她要是发信息问我干吗呢，我即使没和我女朋友在一起，也会回她："我跟女朋友在一起呢！"她要是约我吃饭，我也会很晚才回信息："啊，我刚看见，已经吃完饭了。"

大二的时候，我女朋友的手机被偷了，那是她家亲戚送她的，她担心爸妈说她，急得直哭。我安慰她："没事儿，我给你买个一模一样的。"她那个手机是国产的，还是老机型，很不好买，可既然我答应她了，就是挖地三尺也得找，一连半个月我都没上课，走遍了市里每一个卖手机的地方，可还是没买到。最后只好买了个颜色相同、款式也差不多的，送给了她。我没告诉她自己买手机的曲折过程。我的一个哥们儿挺不解的："费了那么大的劲，为什么不说啊？"因为我只愿意为她操心，但不愿意让她为我担心。

我从小就喜欢车，14岁时，我二舅教我开车，只用了20分钟，我就学会了。16岁时，我二舅的车被单位淘汰，我家当二手车买下了。17岁时，我开车遇见了一帮玩改装车的小年轻，就凑过去看热闹。他们都二十多岁，看见我是一个小屁孩，都不爱搭理我，可时间长了，他们发现这个小屁孩还挺懂车的，就带着我一起玩了。

论开车的技术，他们都比我好，但因为我小，根本不知道害怕，开得反而比他们快。所以，比赛的时候，我负责开车，他们负责改车和调车。我们开的是地下赛车，玩法跟《头文字D》一样，一对一的，在山里跑。如果我赢了比赛，还能拿到1000块钱的奖金。我给她买手机的钱就是通过比赛赢来的。可她担心我的安全，不愿意我开赛车。我就跟那帮哥们儿说，以后不玩赛车了。他们表示理解，但挺为我可惜的。我是一个始终把感情放在第一位的人，就算我们后来分开，我也没为此后悔过。

我比她早一年毕业，在当地找工作并不顺利，就想去北京发展。从上大学起，我就给媒体写赛车技术分析的稿子，拿着这些文章，我很顺利地在一家体育杂志社找到了工作。她大学毕业后又继续读了研究生。我们两地分隔，但我从不觉得距离是问题，毕竟是“老夫老妻”了。在我心里，早就把她当成了我媳妇，我努力工作，就是想给她创造一个好的未来。

她跟我说，等她毕业了，也要来北京发展。可当她毕业后真的到了北京，却改变主意了。她说她不喜欢北京，要回老家发展，问我是怎么想的。当时我的工作正是风生水起时，肯定要留在北京，不能一穷二白地回老家。我让她再等我几年，她没说话。

送她去火车站那天，我们俩又是一路沉默。我还是不知道她怎么想，但我心里却一阵阵发慌。临上火车前，她终于说道："我不想再等了。"我目送着火车驶出站台，心里升起一种悲凉。我知道我们之间一切都结束了。尽管没说"分手"那两个字，这却是她和我之间的一场告别。

我不知道自己在站台上究竟待了多长时间，走出站台，向停车场走去的时候，我整个人都是麻木的，坐进车里，我把收音机频率调到87.6，这个台会播一些笑话，但那天的笑话我听了之后，反而哭了。一路上车开得很慢，因为眼泪一直不停地往下流，模糊了视线。

那之后，我也追求过一个姑娘，每次她下夜班，我都会假装在附近办事，顺路去接她。有一回我的腰受伤了，还是瞒着她，送她回家。一旦我喜欢一个人，就会不顾一切地去追她，当她有事情想到我时，我会马上出现在她面前。但最后，她还是爱上了别人。可我没什么遗憾的，尽力了嘛，不后悔。

对我来说，婚姻是一辈子的承诺，一定要找到真爱再履行承诺，谁也不能逼我将就。就算我爸妈也不行。有人觉得不听爸妈的话是不孝顺，可多少人听从父母的安排结婚生子，婚后一旦不幸福了，就理直气壮地埋怨父母："谁让当初你让我结婚的？"这难道就是孝顺吗？我认为孝顺首先是要对自己负责，对自己负责才是对父母负责，这才是真正的孝顺。

我要找的是一个人，不是一段婚姻

受访者：宁可

性别：女

年龄：31

职业：医生

采访手记：指针刚刚指向下午2点钟的时候，宁可推门进来了。这个有点喧闹的咖啡厅因为她的出现安静了两秒钟。她留着板栗色的波波头，皮肤白皙，瓜子脸，鼻梁挺拔，一双大眼睛黑亮黑亮的，像两粒葡萄。她穿了一条黑色的收腰连衣裙，恰到好处地呈现了她凹凸有致的身体线条。她站在门口，四下张望，更像是顾盼生姿。当她迷人的眼光扫过我的时候，露出了甜甜的微笑。宁可是个美人，这一点毋庸置疑。但自古红颜多薄命，她有一个混账老爹，还有一个看似痴情却在需要他动真情时逃跑的男朋友。不过，宁可很乐观，她最喜欢的一句话是："任何事情到了最后都是好的，如果不好，说明还没到最后。"

口述实录：

30岁之前，我认为结婚是一件必须的事情，因为所有人都是这么过一辈子的。不这么做的人就像社会的弃儿一样，很凄惨。但遗憾的是，直到30岁，我都没有结成婚。这时候我开始思考婚姻，我问自己：我为什么要结婚？如果不是所有人都结婚的话，我还会不会结婚？如果不结婚，也不会让我觉得被社会遗弃了，我会结婚吗？

最后我得出的结论是：我之所以想结婚，是因为我想要身边有这么一个人，我爱他，他也爱我，就算我们老得头发都白了，牙齿也掉光了，我们看对方还特顺眼。当我们走到生命的尽头时，可以心满意足地说：这辈子身边有你，真好。这才是婚姻对我的意义。想通这件事之后，我突然觉得轻松很多。因为我发现，我周围的婚姻中，能够达到我想要的这种意义的并不多。包括我爸妈的婚姻，就完全不是我想要的。我宁愿不结婚，都不会想要和我爸这样的男人在一起生活。

说说我爸吧。他一辈子没正经上过班，总是说跟朋友在外面赚大钱，偶尔他会拿回家一笔钱，但大多数时候，钱都没影儿了。在我很小的时候曾经很崇拜他，觉得他有本事。懂事以后才发现，他的人生只有四大爱好：喝酒、打麻将、撒谎和吹牛。

高考时，我要报考医学院，因为学费偏高，学制还是五年。我爸不同意，说家里拿不出这么多钱。我软磨硬泡，说自己可以勤工俭学。他才勉强答应了。毕业后，我原本打算继续深造，我爸坚决反对，就算我不用家里出学费，自己勤工俭学也不行。我爸说："家里已经供了你五年，现在到你回报家庭的时候了。"

我没办法，就算不甘心也得毕业出来找工作。我最初去了我家当地的一所民营医院当医生。在普通人眼中，这也是一份体面的工作了，但我赚的钱却很少。我爸对此很不满意，说他白白浪费那么多钱培养我了。我就在网上发简历，想找一个工资高点儿的工作，正好那时有一个做医药代表的机会，其实就是去卖医疗器械。对方很欢迎我这样的医科大学毕业生，跟我说，只要我去，一定会赚很多钱。我有点矛盾，跟我爸说了这事。他倒干脆，眼睛都不眨一下，就让我辞掉医生的工作，去做医药代表。一般父母都是希望子女有一份稳定的工作，但我爸的眼里只有钱。

我家现在都住在租来的房子里，因为当年我家房子动迁时，我爸坚持不要回迁房，而是要了一笔现金，他跟我妈说，他要拿这笔钱去做生意，赚大钱，将来买更大的房子。结果，那笔钱被他赔得血本无归了。自从我上班后，房租就由我出了。我主要是心疼我妈，她这一辈子跟我爸吃了太多苦，但还是舍不得离开我爸。

那时候我交往了一个男朋友，我们俩是大学同学。他家在南方，为了我，他留在了这座城市。他家条件不错，父母是做生意的。当时我们已经到了谈婚论嫁的地步，他妈妈专程赶到这边跟我爸妈见面。我爸说，他要单独和我男朋友的妈妈谈谈，让我们回避一下。

他们没有谈太长时间，不一会儿，我就看见我男朋友的妈妈从房间里走了出来，脸色非常不好看。当晚，我男朋友就送他妈妈去机场了，两家人连顿饭都没坐在一起吃。我不知道发生了什么事。我男朋友后来问我："你爸是不是不想你和我结婚啊？"我不明白怎么回事。我男朋友继续说，

“你爸跟我妈说，你家现在住的房子是租的，要是你儿子想娶我闺女，你家得准备两套房子。”我无言以对，我爸让我在自己男朋友面前连头都抬不起来。那之后不久，我们就和平分手了，他去了国外继续深造。

我做了三四年的医药代表，刚去的两个月还不错，赚了人生中的第一个两万块钱。我很高兴，对自己说：“只要我努力，生活一定不会亏待我。”但说到底医药代表就是销售员，对方买不买你的东西，看的不是学历，是交情。想要卖东西，就要应酬，我虽然练就了好酒量，但也喝出了胃出血。想到自己学医五年最后却成了一个卖医疗器械的，每天跟人喝酒、应酬，最后连身体也喝坏了，真的很心酸。

我当时交往的一个男朋友，就是因为有一次我喝酒晕倒了，跟我分手的。这件事对我的打击非常大。他是我的高中同学，高中的时候使劲追过我，写情书，在全班同学面前对我表白，还像跟踪狂一样，每天尾随我回家，但我并没有被他感动，反倒被他吓着了，很讨厌他。高中毕业后，他就出国读书了。回国后，又跟我联系上。再次见到他时，我竟然觉得挺亲切的。他又对我展开了热烈的攻势，说这么多年一直没忘记我。

他跟我表白的时候，我已经28岁了，时过境迁，我的心境也大不相同。我觉得自己累了，想找一个靠谱的男人，栖息在他身旁。我想我们是同学，知根知底，他喜欢我这么多年，一定会好好待我。我们交往了快两年，相处还挺和谐的。那时候我经常出差，无论多晚，他都会去火车站或者机场接我，有时候我喝多了心情不好，他就默默无语地陪着我。没事儿的时候，他总来我家吃饭，他说我妈做饭比他妈做的好吃。过年过节的时候，我会去他家串门，给他爸买滋补品，给他妈买高级化妆品。他妈挺喜欢我的，每次见了我都眉开眼笑。那时，我已经不想做医疗代表了，他妈妈还托人把我安排进了一家医院，直到现在我都感谢她。我很珍惜失而复得的工作，开始准备医师资格证的考试。

有一天，我们高中同学聚会，大家看见我们俩成了一对，就开始起哄。说他当年追我的那些糗事。还问我，为什么当年冷若冰霜，现在又答应了呢！大家还纷纷向我们俩敬酒，后来我就喝晕了。大家吓坏了，拨打了120，把我送到医院。经检查是酒精中毒，我的肝和胃的状况都不太好。那之后，我就滴酒不沾了。

经历这件事后，我和他见面的次数就越来越少了。他的理由是不能耽误我学习，因为还有一个月我就要考试了，他说让我安心看书，我觉得也对。医师资格考试通过以后，我特别高兴，给他打电话，分享我的喜悦心情，还要找他一起吃饭庆祝。他却支支吾吾的，说正在开会，一会儿再给我打过去。一会儿，我收到的却是他的分手短信。他说，他没有见面跟我说分手的勇气，他觉得他给不了我想要的幸福。我给他打电话，他一直不接。我发短信问他，为什么？他也没有回。我不知道自己究竟做错了什么。后来还是他妈妈给我打了一通电话，跟我说："你是个好孩子，我一直很喜欢你，要不是你身体不好，我儿子都配不上你。你俩虽然不能在一起，将来有什么事，跟阿姨说，阿姨还是会帮你的。"

这件事对我打击太大了，我不能理解一个那么爱我的男人最后会因为我身体不好而离开我。我想不通，为什么我最信任的人却以这样的方式背叛我，人与人之间的信任竟然如此脆弱。

现在，每次高中同学聚会或是高中哪位同学的婚礼，他都不会参加，因为他知道我一定会去。他没勇气来见我。其实我已经不怪他了。我甚至庆幸自己在结婚前晕倒了，才有机会看到了一个更加真实的他。否则，我可能会走进一桩大难临头各自飞的婚姻。

我们分手的时候，我还有三个月就过30岁生日了。这真是一份残酷的生日礼物，但从另一方面想，如果没有这份大礼，我又怎么会对婚姻有不同的思考呢？如今，我在医院工作很满足，病人们都喜欢我，还有人专门给我写过感谢信，夸我认真负责，懂得关心病人。我跟同事的关系也都不错。我并不着急结婚，我已经想明白了：我要的不是婚姻的躯壳，而是要一个实实在在的人，我们能够执子之手，与子偕老。

人生，不是只有结婚这一种活法

受访者：阿呆

性别：女

年龄：31

职业：留学生

采访手记：眼前的阿呆有一头柔顺的披肩长发，一双占掉半张脸的大眼睛就像小太阳一样发出耀眼又让人感到温暖的光芒。她笑的时候，整个身体都向前倾着，好像在诠释什么叫“笑弯了腰”。我第一次见到阿呆时，她可完全不是这副活力满满的模样。那时，她还留着一头长发，因为疏于打理，没精打采地耷拉在肩膀上。同样是这双闪亮的大眼睛，却像没电的手电筒一样晦暗无光。如果让我描述一个丢魂的人，那时的阿呆就是活生生的例子。后来我才知道，她那时刚刚失恋。从失魂落魄的阿呆进化成活力满满的阿呆，她用了两年时间，在这段说长不长、说短也不短的日子里，她减掉了二十多斤的肥肉、拿到了英国名校的Offer、学会了跳摇摆舞……

"分手时，我一度觉得自己就是一坨烂菜，要什么没什么，但我爸妈觉得我还是一棵新鲜的菜。我也开始相信自己可以越活越新鲜。"阿呆眨巴着她的大眼睛认真地说。我听过不少失恋的故事，但阿呆的版本却是我亲耳听到的失恋故事里最动人的一个。跟《失恋三十三天》里靠着王小贱走出失恋阴影的黄小仙不同，她是她自己走出阴影的拐棍。如今，她人在伦敦，原本打算学梁朝伟去海德公园悠闲地喂鸽子，可惜却被困在图书馆里埋头写论文，而鸽子们一个个身材圆滚，不但蹲在图书馆的窗台上围观她写论文，还叽叽喳喳地说个不停。她无奈感叹："一旦吃饱了，谁都能变成话痨。"

口述实录：

曾经有一段时间，我非常着急结婚，看着周围的人都结婚了，觉得自己没结婚很奇怪。当时我有个交往了九年的男朋友，可他一直不想结婚，我也没办法，就想先耗着吧，反正这辈子肯定要跟这个人过了。但他却跟我提出了分手。

分手那天，我在一个发布会拍片，收工后跟同事去吃饭。正吃着，他打来电话，让我给他带晚饭。我一听头就大了，他在吃上太事儿了。如果要出去吃饭，问他想吃什么，他都说不知道，我提出四五个建议，他也都说不想吃。如果在家里吃呢，就更摆谱了，必须要有肉有菜，肉的概念是纯肉，酱牛肉这种算肉菜，土豆牛肉就不叫肉菜了，因为有土豆。他不吃肉馅、肉丁，猪肉只吃排骨，排骨又只吃盐水排骨。吃面条一定要配鸡蛋酱……我们俩在“吃”上没少吵架。

我说：“我正跟同事吃饭呢，什么时候回家还没谱！”他挂了电话。半个小时后，又打来了，催我回家，说他要饿死了。我一阵胸闷气短，心里抱怨：你为什么不能自己去买啊？但不能这么说，说了肯定要爆发一场大战。我打包了饭菜，提前离开饭局，赶回家给他送餐。他对我带的外卖很不满意，坐在那里吃饭也不说话。我心里真是五味杂陈啊。他吃完之后，我忍不住了：“你觉得咱俩之间正常吗？”他滔滔不绝地说了一大堆。一听就是提前准备好了的台词。主要意思是：为了我好，还是分手吧，他根本不想结婚，不想再耽误我了。

我们在一起的九年里，分手闹过无数回，但这次我觉得是玩真的了。我在他面前装得还挺新女性的，没哭没闹，特别镇定。可一出家门，我就装不下去了，走在街上嗷嗷地号了起来。

他是我的大学同学，我们都是学摄影的，常常在一起讨论拍作业，他总是有很棒的想法。我们俩也挺有默契。走在街上，能同时笑得岔气。笑完了，他问我："你笑什么呢？"我说："我笑刚才那人的袜子，你呢？"他说："我也是。"他爱闹，有一回，我穿了一件帽衫和他在外面溜达，我不知道他什么时候吃了一堆瓜子，还把瓜子皮塞到了我的帽子里。我们进了地铁，走到风口的时候，我决定戴上帽子，于是，众目睽睽之下，我扣了自己一脑袋瓜子皮。旁边的人都乐喷了，他一脸淡定，特无辜地说："走啊！"跟没事儿人似的。我睡觉的时候，他会偷拍我扭曲的脸，还用广角，变换各种角度，拍完大喊："阿呆你快起来啊，别睡了！"我迷迷糊糊地睁开眼睛，看见他坐在电脑前，故意让出屏幕的位置。我说："你干吗呢？"他一脸坏笑，说："我没干吗啊！"我仔细一看，是我那张丑爆了的脸，还被他P上了阳光。我顿时吓精神了，说："这是我吗？"他笑得浑身都抖了起来，跟抽风似的，笑够了，特别得意地说：“怎么样，满意吗？是不是特别美丽？”

他总是干这些让我哭笑不得的事儿，但偶尔也有走心的一面。我生日之前，他每天都要失踪一会儿，问他干吗呢，也神神秘秘地不说。我过生日那天，他送了我一辆复古的自行车，车身的喷漆正是他每天失踪的时候弄的。骑着这辆车出去，那叫一个拉风，回头率太高了，后来我不敢骑了，怕丢。

大学毕业后，他本来有机会进电视台，但因为想拍电影，就放弃了稳定的工作，进剧组给人当摄影助理了。我觉得他特酷，很支持他。我相信，凭他的才华，早晚有一天会实现自己的抱负。我在一家报社当实习生，拍一些摄影记者不爱拍的活儿，每月只有稿费没有工资。因为没钱，我们住进了半地下室。其实我们两家的条件都不差，但我们都不愿意向家里要钱。我觉得住地下室挺棒的，多少巨星都是从地下室里走出来的，说不定下一个就是我们俩呢！我还跟朋友们炫耀这间地下室：“特别梦幻，有各种小动物，下雨天家里还有蚯蚓呢，你们谁家有？”

在地下室住了两年后，我终于找到了一份每月薪水8000

块的工作，给我乐坏了。我决定改善住房条件，于是搬到了炫特区。那会儿觉得炫特区很高级啊，对面有李连贵熏肉大饼，还有24小时的小卖部外送服务。搬家的时候，他在外地拍戏。我先住了进去，第二天早晨6点我就被太阳晃醒了，我心里激动得啊，住地下室那两年，让我早就忘了被太阳晃醒的滋味了。我连忙给他发短信：咱们的房子有太阳提供叫早服务！

他一年中有半年多是歇着没活儿的，他自己也特着急，但还要跟外人吹牛，维持着虚假繁荣。别人听说他是拍电影的，觉得光鲜亮丽，其实他就是个民工。后来他交了一些家里有钱、自己啥都不干的朋友。他一个哥们儿就娶了这么一个女孩，每天日子过得很逍遥，他话里话外就是藏不住的羡慕啊！我问他："你觉得这样有意思吗？"他说："没意思。"可转脸又说，"凭什么他能那样啊？想买什么就能买，想吃什么也不眨眼。"我觉得不管是人生观，还是什么观，我们都相差得越来越远了。

分手前那两年，我们的关系简直如履薄冰。他动不动就看我不顺眼，我也越来越受不了他。工作上，他心急，却不努力，只知道抱怨，人特颓废。生活上呢，他还必须得有人照顾。我完全沦落成了费力不讨好的老妈子。有一回，给我逼急眼了：“保姆还有工资呢，你一分钱不给我，还挑三拣四的？你行，你就自己干啊。我还得工作呢，没时间天天伺候你！”他一听就火了，我们吵得不可开交，整个场面就是鸡飞狗跳、人仰马翻、尘土飞扬……

为了避免大战，我后来能忍则忍。朋友都说我是忍者神龟。我也对自己刮目相看了，没想到我竟然有如此惊人的忍耐能力！可我挺害怕改变当时的生活，毕竟在一起这么多年了，就劝自己呗：他可能只是这阶段心情不好，怪可怜的，我就让着他吧，但同时又觉得跟他在一起，我这一生就真是奉献给慈善事业了。现在，他单方面宣布：不需要我为慈善事业奉献一生了，还给我整崩溃了。

我在街上边走边号，就像忘吃药的女神经病，打劫的见我都得绕道走。一直号到下半夜3点，我给我妈打了一个电话，她以为我姥姥去世了呢，一听是我分手了，高兴坏了，跟我爸从小汤山驱车来接我。一路上，我爸不断地鼓掌微笑，连连赞叹：“真是个好消息啊！”

我爸妈都不太喜欢他，因为他脾气太大了。我回家吃饭，跟他说3点回去，要是晚了一个小时，他就会打电话发飙：“说好了的事儿怎么说变就变呢？我这边早都把咱俩的时间安排出去了！”我爸妈听见电话那边嗓门特别大，就问我原因，我一说，他们觉得鸡毛蒜皮的小事至于这么大脾气吗？这不是欺负我吗？！

还有一次是因为买车。他交了那些不劳而获就过上幸福生活的朋友后，总跟我说，享受就该趁年轻，老了还有什么意思。你看你家条件不差，你爸咋对你这样呢之类的话。最初，我很不高兴，后来说多了，好像被洗脑了，觉得我爸确实对我有点苛刻呢！他很想出门有辆车，我就丧心病狂地让我爸给我买车，我爸妈知道这根本不是我的作风，应该是他在背后怂恿的。

后来我爸打算给我买辆奔驰GLK，但前提是我必须自己养车。我就跟他说了，他说他有钱就会养。这就太没谱了，他根本没钱啊，赚来的钱大部分都置办他的行头了，他挺爱臭美的，喜欢买好看的衣服。我有种不祥的预感，将来养车的钱可能还要我出，我真的会被累死。后来，因为买什么颜色的车，我和他又争执了起来，我想买白色的，他要买黑色的。冷静下来以后，我仔细想，为啥我非要买车，我根本就不需要车啊，买来只是装×或者让他出去装×啊！所以后来还是没买车，他为这件事不高兴了很久。

和他分手的第二天，我妈就帮我找好了新房子，还联系了搬家公司，当天就把我的家当搬了过去，神速得连他都震惊了。那之后的三天，我仿佛是具尸体，每天就平躺在床上。后来，假装自己没事了，该干吗干吗。朋友说他坏话，我还维护他呢，说他其实是为我好，他也特难受。

三个月后的一天，我坐在那儿等拍摄对象，无聊地玩手机，他之前曾把邮箱绑定在我手机上。我瞥见邮箱里有一封旅游订票回执，他和一个女的一起去旅游了。那个女的我也认识，嫁了个土豪，生了个儿子。后来土豪在外面找了小三，她就天天抓小三。我如醍醐灌顶。想起我们分手前一个月，他就天天和人聊微信。我还问过："你和谁聊呢？"他说："你不认识。"搬家那天，我发现一件他新买的麦昆的毛衣，8000多块钱，我觉得他没钱买，他说是他妈妈给他买的。我把订票回执截图发给了他，并同时发给了我们共同的好朋友。后来，他的好友给我打来电话，说他承认了，他现在确实和那女的在一起。我一下子就炸了……

我每天找朋友诉说我的不幸遭遇，一遍又一遍，不厌其烦的，后来觉得这么祥林嫂也不是个事儿，我这是要人家把我当成受害者呢，还是一个失败的大傻×啊？我就改了路线，开始喝酒，我不会喝酒，一喝多就出洋相，站到桌子上跳舞这种电影里才有的情节，我真的干过……神志不清了还要麻烦朋友送我回家，朋友只要夸我家里哪样东西好，马上就送，后来我发现我家里已经不剩什么东西了……也不敢再喝酒。

我之前体验过的一家健身房的教练正好给我打来电话：“你体验完了就好久不来跑步了！”“我失恋了！”“那就来发泄一下吧！”他说得特轻松，在我眼里地动山摇、石破天惊的失恋，在别人眼中就是一件稀松平常、没什么大不了的小事。我用一个月的工资买了他的私教课。健身让我不知不觉地度过了好几个月，我把气都撒在肉上了，最后我从124斤减到了100斤。整个人都神清气爽、容光焕发。我发现认认真真改变自己，确实值得一做。就算开始是赌气，赌着赌着就变成自我发掘的过程了，用鸡汤点儿的话说，就是遇见了更好的自己。

减肥成功后，我又下了一个决心，要做一件和他在一起肯定做不了，但做了才对得起自己的事。我要去伦敦读书，选一所摄影专业是王牌的名校。最后我确定了目标：伦敦艺术大学。我打电话到伦敦艺术大学的北京办事处，说：“我叫阿呆，想要申请伦敦的艺术大学可不可以？”老师说：“拿着作品过来吧。”

在申请的过程中我才发现自己对摄影了解太少了，我拼命地看书，分析艺术家，整整花了一年的时间准备我的作品集。拿到Offer的时候是北京的冬天，当时天都黑了，我在雍和大厦（伦艺北京办公室）下一边蹦，一边哭。

接下来，就是学习英语了。我的英语只有初中生水平，第一次雅思写作考试得了三分，我根本不知道写什么，坐在考场里一直搓橡皮。但我不能放弃啊，Offer都拿了，只能死磕了。我找到英语老师，老师说，如果通过雅思考试的英语水平是一座大厦的话，那我现在的英语水平连地基都没有呢！我每天宅在家里学英语，看见朋友圈里别人发大吃大喝的图，我只能默默吞口水。我给自己设置了一小时读三篇阅读理解的魔鬼计划，一般做到第二篇的时候，一小时就到了，第三篇基本靠猜了。终于写完了，一对答案，没几个对的，气得我就把书给撕了……解完恨了还得再把书粘好，继续做。

英语老师还给我安排了一个变态训练：听录音，直到全部写对为止。真的是太难了，我一边拽头发一边听，头发都要拽秃了，还是听不懂。夜里12点，我就到楼下的小花园里背单词，背得我快吐了。老师给我起了外号叫“呆春花”。半年后，呆春花同学终于通过了雅思考试。虽然只考了6分，但对呆春花这样的英语特困生来说已经是奇迹了。

回头想想，为了去伦敦读书而准备的这两年是我自2010年以来过得最优质的两年，虽然很苦，但尝到的却比任何时候都甜。我特别感谢我爸妈。当我决定读书的时候，我爸妈非常支持我的选择，甚至包括我爸妈的朋友还有我家的邻居，他们并不觉得我该为步入婚姻着急，而是既然有能力就要去接触不同的东西，开阔自己的视野。

我恨过我的前男友，他曾对我说过，我对你是没有耐心，但我保证，绝不骗你。可他还是骗了我。我拿到Offer后，他约我见面，不是后悔了，只是觉得欠我个解释，可我不需要。已经分手三年了，解释对我来说早就不重要了，况且有的解释反而是第二次伤害。我们虽然没见过，但彼此的近况也都知道，我的朋友圈没有屏蔽他，我好，他特别高兴，后来我在商场里看到他掌镜拍的电影，也替他开心。

去伦敦前，我和他有过一次偶遇。那是我们分手后，我第一次见到他，我的心情挺平静的。他在饭店跟那女的和她的小孩一起吃饭。他们三个感觉是各干各的，他看起来也不太开心。他并没看见我，我后来跟朋友换了一个地方吃饭。

现在我不恨他了，我们在一起曾有过一段最快乐的时光，可慢慢地，不好的东西超过了好的，当那些好的东西不足以支撑我们的关系时，分手好像也在所难免了。分手时，我28岁了，一度觉得自己是一坨烂菜，要什么没什么，但我爸妈觉得我还是一棵新鲜的菜。我也开始相信自己可以越活越新鲜。

到了伦敦以后，第一节课遇到了一个四十多岁的老师，我们八卦他结婚没有，他说没有，但是有一个相处很多年的同居女友。在英国，这很常见。我跟他聊起中国普遍的婚恋观，他表示震惊，不理解为什么年龄大了就要被逼婚。我越来越觉得人生活法是多种多样的，结婚还是不结婚根本就不是个事儿啊！如今，我到伦敦已经三个月了，几乎每天都在和论文打拼，我的6分雅思英语应对起论文来，还是十分吃力的。可让我开心的是：我有鼻炎，在北京的时候，每天能打60个喷嚏，到了伦敦竟然不治而愈了。总之，在发掘更好的自己这条路上，我一切都好。

40岁以后才是最好的结婚年龄

采访对象：阿拳

性别：男

年龄：35

职业：自由职业者

采访手记：我和阿拳认识也有些年了，但关系并不熟络，只是在一群人的聚会中碰见时，打个招呼的点头之交而已。在他答应接受我采访之前，我和他说话的次数甚至用一只手都数得过来。但我对他印象颇深，他中等个头，身材结实，下巴上留着一撮小胡子，最醒目的是他的光头，仿佛黑暗中的灯塔，让他在人群中显得十分扎眼。关于他的段子我倒听了不少。他嗜酒，不醉不欢，可一喝酒脸就会涨得通红，像一只刚出锅的大闸蟹。他撒酒疯的方式更特别，会左拥右抱身边的好哥们狂亲，还招呼看热闹的围观群众拍下一张张香艳的“断背照”。可酒醒之后，他会义正词严地声明：“这些艳照绝对是PS出来诬陷他的。”

他在大学时和朋友们组建了一个噪声摇滚乐队，每次演出都会让听众捂着耳朵四处逃窜，就跟撞见了鬼似的。他还特来劲，干脆给乐队起名叫“鬼打墙”。听说他在某次酒局喝高了，得意扬扬地掏出了手机，给酒局上的各位放起了他们乐队创作的歌曲，结果可想而知，人都跑光了，但还有一个人留下了，因为那个人是个聋哑人。当我在采访时向他求证这件事的真实性时，他笑容诡异，悠悠地说道：“要不要我放段音乐给你听？”我赶紧识趣地问了下一个问题。这个问题正是我决定采访他的原因：“听说你结过一次婚？还是假结婚？”

口述实录：

我在31岁的时候，结过一次婚，不是因为爱，不是因为钱，也不是因为有人强迫我，只是为了帮朋友一个忙。她是从小看着我长大的姐姐，比我大三岁，要是按俗套电视剧的演法，她一定是我的女神，青春期的性幻想对象什么的。但事实上，我对她没有任何情欲的想法。

她的性格像男孩，是我哥的中学同学，我小时候像跟屁虫似的跟着他们玩。后来我长大了，人生经历起起伏伏，最低谷的时候，我回到老家，每天跟她还有一帮朋友喝酒。聊天中，她透露出：她和一个男人好了十年，对方是一个没办法和她结婚的人，她觉得自己年纪大了，想和男人要个小孩，可生孩子得有准生证，将来还要给孩子上户口，于是，想到找个人假结婚。

她到处相亲，其实就是骗婚，真有一些男人上钩了，追她。我跟她说："你这样太坑人了！"她反问我："不然怎么样？不去骗婚，谁愿意和我假结婚呢？"我哑口无言。她带着新男友和我们一起喝酒的时候，我隐晦地告诉对方：你上当了。那天喝完酒以后，她跟我说："你搅黄了我的事，你要对我负责。"我说："好。"她愣了，没想到我竟然答应了。"你确定？你真的想好了？"

我点了点头。我是她最好的人选，我们只要悄悄领个证就行了，离婚的时候，既没有财产分割问题，也不需要争夺孩子的抚养权。我们俩假结婚这事儿，我谁都没告诉。可后来还是被我哥发现了。我哥跟她翻了脸，甚至断绝了来往。我哥认为她毁了我，让我好好一个小伙子变成了个二婚的。可我不觉得自己吃了亏，做这个决定可不是一时糊涂。我完全明白自己在做什么，也不认为二婚会对我的人生产生什么影响。现在都什么年代了，要是一个姑娘真爱我，想嫁给我，根本不会在意我是不是二婚。

我其实挺恐婚的，一直到现在都是，因为我很难相信女人。都说男人没一个不花心的，女人就真比男人好吗？有的女人比男人更花心，更爱出轨。我觉得能陪我一辈子不离不弃的是朋友，不是老婆。为了帮朋友而假结婚，挺值的。再说了，结婚不就是那么回事嘛，没什么神圣的，也不是非要跟一生所爱的人结婚。我对婚姻产生这种悲观的想法，还要从两个女人说起。

第一个女人是我的初恋。她是典型的南方女孩长相，身材瘦小，五官清秀，好像从那以后，我喜欢上的姑娘都是这个模子的。她是我高中的学妹，比我小一届。高中时，我挺出风头的，因为全国化学奥赛得了一等奖而被保送进重点学校。虽然是理科生，但我喜欢文学，是学校的文学社社长，初恋是副社长。

我本来对她没有非分之想，只当她是一个小妹妹。毕竟她当时是我同班一个哥们儿的女朋友。平时我们仨也总是在一起玩，可玩着玩着，她就向我表白了，说她其实喜欢的人是我。一开始，我肯定是拒绝的，但一来是我意志薄弱；二来这女追男，还真就隔层纸，一捅就破。

有一天我们仨约好了看电影，我哥们儿没来，就剩我们俩了。那是一部恐怖片，看着看着，她就吓得扑倒在我怀里，紧紧地抓着我的手。她的小手冰凉冰凉的，却让我浑身燥热。从那以后，我们就背着我哥们儿偷偷恋爱了。

我们三角恋了一段时间，直到有一天，我和她去爬山，回来后，太累了，她来我家休息。家里就我们两个热恋期的小年轻，很自然地接吻。这是我人生中的第一次，我当时就决定：明天我就跟我哥们儿摊牌，我得对她负责，要娶她回家当我媳妇。

可第二天，她就转学了。只留了个话给我，说她觉得这样不好，骗了两个人。我几乎崩溃了。打听到她新学校的地址后，总去学校堵她，终于有一回被我堵到了，但她根本不理我，我骑着自行车追她，跟在她后面狂喊："为什么？为什么？为什么？"没有答案。直到今天我都不知道为什么，前两年还托人打听她，可她已经出国了。其实就算我们当年真的好了，估计也结不成婚，她是高干家庭的孩子，爸爸是市委宣传部部长，我就是一个普通家庭的孩子，门不当户不对。

被不明不白地甩了之后，我自暴自弃了很长时间，天天跟不良少年混在一起，打架斗殴是家常便饭，我的成绩更是一落千丈，最后只勉强考上了一个普通大学。在大学里，我也不怎么上课，就是混着，没事儿的时候写小说玩。毕业后，我靠写东西一年收入五六万，在我老家那种小城市，算是高收入了，我过的就是花天酒地的生活。真正来说，我还得感谢她，要不是跟她赌气，我可能就按部就班地上一所师范大学，当一个老师了。我那个哥们儿，因为她的离开，还写过血书呢，但那哥们儿不像我堕落了，他是真正的学霸，考上了清华大学。

关于她的故事我后来听过很多，她简直就是男性“杀手”，天生魅惑力强，很多男人都折在她手里了。

另一个对我影响至深的女人是个摇滚女文青。她爸爸是个三流作家，妈妈是女强人。我认识她的时候，她也算是有点小名气吧，跟别人出了本合集的书。她长着颇具欺骗性的外表，看着瘦瘦小小，挺清秀的，但骨子里特别作。她考过两次中央戏剧学院，第一次考上后，读了一年就被勒令退学了，因为翘课太多；第二次考上后，还是没读完。

我们俩是在一个摇滚青年的QQ群里认识的，我刚到北京时，日子过得很悠闲，就是跟各种朋友喝酒、吃饭、看演出。在演出场地总能遇见她，就约在一块喝酒。她是个私生活混乱的女孩，开始我们俩就是约炮，可后来我竟然被她身上的黑暗气质莫名其妙地吸引了，好像掉进了一个黑洞。

她对我不冷不热的，转机是有一年的“五一”，我和她在迷笛音乐节上又偶遇了，玩到晚上，她让我跟她回家，说她爸妈来北京看她，想见见她男朋友，让我冒充一下，我爽快地答应了。陪她老爸喝了一顿酒，结果他爸就把我当成准女婿了，说我是她那些男朋友里最靠谱的一个，还撮合我们俩结婚。她抗拒了一段时间，就接受我了。但她骨子里还是作嘛，特别容易被一时的感觉迷惑，没有责任感，所以就算我们最甜蜜的时候，她还在跟别人乱搞。

有一天，她半夜跑到我住的地方，跟我说，她跟别人发生关系了。我不介意她过往的荒淫生活，可现在我们在一起了，没想到她还是出轨，更可恨的是，她还来着“大姨妈”

呢！头天晚上，我就是心疼她，没跟她发生关系，结果隔天，她就跟了别人。

但我没发作，压着火，跟她说："你'大姨妈'来着呢，这样对身体不好。"结果她竟然当场掀桌了，扑过来对我又打又骂。我后来发现，她就是要把场面搞僵的那种人，我越是纵容她，她就越无理取闹。

我住的地方是一座废弃的酒店大楼，一个朋友托我看管的。当时大楼里还住着几个保安。她这一闹，把人都吵醒了，我怎么都控制不住，尴尬极了。最可笑的是她还打电话报警了，说我打她。其实我只是在她打我的时候，使用了压制技，比如箍住她，不让她动，把她压在地上什么的。

来了一个片警，平时也跟我见过面，算是认识。别人就劝，说是小两口打架，没事儿。片警觉得没啥大事，就要走，她不干了，放出个大招，说我吸毒。我们俩就被带去了派出所。一到派出所，她就𡰪了，吓得直哆嗦。

吸毒这事是这样的，她有时会吸大麻，但我不吸。我知道她当时身上正带着大麻呢！幸运的是，在我们的撕扯中，大麻不知道掉哪儿了。到了派出所他们也没搜出来，警察只翻出了她包里放着的一堆戏剧理论书。我就顺竿爬，跟警察同志解释，说她是学戏剧的，刚喝了点酒，情绪激动就演上了，我们没人吸毒，就是小两口吵嘴。警察教育了我们一顿，说我们这是浪费公共资源，以后不许这样，就把我们放了。

从派出所出来的时候已经凌晨5点了，天蒙蒙亮，我真是心如死灰，打算跟她彻底断了。可过了几天，她又跑来找我，认错，忏悔，哭诉，求我原谅她。我又心软了，心疼她，觉得她就是个不懂事的小女孩，非要用作的方式体验世界，早晚有一天她会改变的，我要给她时间。何况我们都要结婚了，就这么放弃，太不甘心了。可能我骨子里也挺作的吧，自己写小说还不够，也老想把自己的生活变成戏。于是，我就像个傻×似的回头了，结果让自己成了傻×。

她是一个非常情绪化的人，闹矛盾的时候总要搞得很激烈，我们俩在一起就是一会儿天堂，一会儿地狱，最后闹得我都麻木了。后来，我妈得了癌症，是晚期，我要回老家，就跟她分开了。三年后，我回到北京又见过她两次，她还是老样子，一点都没有变，太可怕了。

我答应之前说的那个姐姐假结婚，就是在我回老家的第三年。我妈妈去世了，北京原本刚刚要起步的事业也搁浅了，被那个作的女朋友搞得筋疲力尽，我的人生落到了最低谷。我们俩假结婚了两年，刚领完证，我就回到了北京。她现在已经是孩子妈了，孩子随她的姓。她说，这辈子交的最值的一个朋友就是我，让孩子叫我干爹。

一年前，我回老家跟同学聚会，我们一共九个人，都是认识一二十年的好朋友了，大家就是喝喝酒、聊聊天，喝到酣时，话题就剩一个了：离婚。今年，当时的九个同学，四个都离婚了，还有两个正在闹离婚。

结婚这种事情，需要搞清楚的最关键问题就是：你到底适不适合结婚，你能不能放开自己，为了另外一个人去改掉自己的生活习惯，包容别人。都说单身越久就越难结婚，这话没错，一个人过久了，很难改变自己的那些习惯，更难去包容别人的习惯。婚姻和爱情也是两回事，婚姻面对的多是生活琐事，日子过久了难免平淡乏味甚至让人厌烦。如果两个人都是很强的个性，那磨合的过程就更痛苦不堪了。我觉得最理想的结婚年纪是40岁甚至50岁以后，大家都平和了，是真心想安定下来，过平平淡淡的日子。

我只有一条命，要交给识货的人

受访者：小乖

性别：女

年龄：29

职业：老师

采访手记：如果不是因为小乖的这句开场白，“真不好意思，我来晚了”，我都不知道她来晚了，事实上，她仅仅比约定的时间晚到一分钟而已。她说这是出于职业习惯，只要上课铃声打响，就算是晚到半分钟，都是迟到。小乖是一名高中语文老师，但站在我面前的她看上去倒更像个大学生，她穿着烟灰色的帽衫，淡蓝色的牛仔裤和一双白色的帆布鞋。

“我看过你写的很多故事，也认同那些故事里的主角，他们不会为了结婚而结婚，他们在寻找和等待真爱。我也想给你讲一个故事，可能跟你写的故事相比，我的故事太平淡无奇了，也许我讲完了，你都不愿意把它写下来，但我还是想讲给你听，你可以把我理解成一个太渴望倾诉的人。”小乖望着我，目光真诚地说。我无法拒绝这样一双眼睛，只能以静静的聆听作为回应。

口述实录：

我今年29岁，还没结婚，已经感受到了周围的舆论压力。朋友们都说，我无法结婚就是因为他。他是我的……我不知道该如何确切地形容他，初恋对象，前男友，还是大哥哥？其实他只比我大一岁，但在我心里，他却像一个大哥哥。我们认识十五年了，他始终给我这样的感觉，从来没变过。

认识他时，我念初二，他本该念初三，但留级到了我们班。他是典型的坏男孩，喜欢拉帮结伙地跟人打架，从来不学习，所有科目里只有体育成绩最好。但很多女生喜欢他，私下里议论着他的一举一动。我也会忍不住多看他几眼，他虽说不是浓眉大眼的标准美男子，但五官清秀，眼睛有点往里凹，每次听到“深邃的眼睛”这种话，我会立刻想到他。

在同龄男生中，他显得很扎眼，一是他身高的优势，二是他的穿着。同龄男生都喜欢穿球衣或者运动服，他喜欢穿衬衫。有一天放学，我在校门口看见了他，他穿着格子衬衫和米色的裤子，并排跟几个男生走着，突然就回过头来，他嘴上叼着一支烟。那个形象让我的大脑一下子短路了，原来一个男生竟然可以这么酷。

初中时，我是个沉默寡言的女孩。因为个子高，被调皮的同学喊成“傻大个儿”。我坐在教室的最后一排，周围都是学习不好的孩子。他们跟我关系不错，因为可以随便抄我的作业。他也坐在最后一排，慢慢地，我们就熟了。他跟别人提起我时，会说，这是我妹，不许欺负她啊！我觉得特有安全感。

那时候，我身边已经有同学早恋了，但我根本不知道恋爱到底是什么，也不知道我对他的种种想法算不算是喜欢他。他当时喜欢上隔壁班的一个女孩，我还替他传过小纸条。那个女孩挺漂亮的，大眼睛，白皮肤，跟他很般配。他们后来在一起了。我也没有多失落，最多是心里有点不是滋味吧，但也不是太强烈，我明白：即使他们不在一起，他也不会和我在一起。

他是个讲义气的人，总是出去打群架。有一天，他跟我说：“我放了件东西在你的书桌里，你别动啊！用的时候我会拿走。”我后来偷偷地看了一眼那东西，虽然包着报纸，但通过形状，我还是认出那是一把大片刀。他是坏学生，老师总是搜他的书桌，他就把这个危险品藏在我的书桌里了。我忐忑不安了一天，既怕被老师发现了，又怕他拿着大刀出去，万一砍了人怎么办？万一又被别人砍了呢？当然，我担心的事最后一件都没发生。可他到底还是因为打架被学校开除了。

我最后一次见到他是在学校的操场上，他被几个人围殴，躺在地下。那些人用脚使劲地踢他，他抱着脸，我看不见他的表情。他身上穿的白衬衫到处是黑脚印。我吓得僵在原地，想叫又不敢，心疼他却不敢冲上去帮他解围，只能默默地祈祷，希望突然出现什么人来救他。后来，校警和老师都来了，他被带走了。那之后，他再没出现在学校里。

我有点担心，他会不会从此成了流落街头的小流氓。但很快，他就打电话到我家，听到他声音的那刻，我激动得浑身发抖。他告诉我，他现在可自由了，再也不用应付老师抄作业了。后来，他还给我写过信，每封信的末尾都叮嘱我好好学习。你能想象这个画面吗？一个学习不好、成天打架的男生写信告诉别人你要好好学习。特有喜感是不是？我当时总是被这个画面逗笑。

我念高中后，他在父母的安排下去了英国留学，我们因此失去了联系。他慢慢变成了一个在我回忆中闪闪发光的人。我到现在都不知道他算不算我的初恋？我不知道初恋的标准是什么，是第一次心动的人，还是第一个男朋友？

我的第一个男朋友是我念大学时的学长。迎新生的时候，接待我的人正好是他。他领我办了手续，带我去了寝室，帮我铺了床，还陪着我去买生活用品。为了表示感谢，当天晚上我妈请他吃了顿饭。

军训期间，他总来找我，跟我一起到食堂吃饭。有一天晚上，我们在学校后面的一条小路上溜达，他突然牵起了我的手，我也没反抗，就这样，什么都没说，我们自然而然地成了男女朋友。我不知道别的姑娘第一次谈恋爱是什么样，我真是全身心地投入了进去，只想对他好。我买吃的，从来都是双份，他一份，我一份。我也给他买过好多次衣服，开始时他挺开心，后来就习惯了，把我做的一切都当成理所当然。我也不介意，还是一如既往地对他好。

我们第一次生气是因为阿拉法特去世。那天，他闷闷不乐的，我不知道发生了什么，就问他。他告诉我：“阿拉法特去世了。”我不知道谁是阿拉法特。他一脸的震惊加鄙视：“你竟然连阿拉法特是谁都不知道！”

“我为什么要知道？”

“他是中东著名的政治家，还获得过诺贝尔和平奖。这么出名你都不知道？”他嫌弃我无知，我因为他嫌弃我而生气。最后，我们不欢而散。

我们在一起的那年寒假，他回老家后，几乎从不主动联系我。我每天都发短信给他，分享发生在我身边的小事，可我发四五条，他才回一条。我仍没有在意。开学后，我穿着新衣服和漂亮的鞋子兴致勃勃地去找他，他却是一副郁郁寡欢的模样，说他英语四级没过。我安慰他：“这没什么啊，可以再考嘛！”他还是不开心，说他同宿舍一个学习不如他的人都考过了。然后，话里话外就透露出和我在一起耽误他学习的意思。

我不得不认真思考我们两个人的关系。这一想不要紧，所有问题都浮现出来了。我恍然大悟，在我们交往的半年里，一直是我一个人单方面地付出，他所做的只是默默地接受我的爱。我根本举不出来一个例子来证明他爱过我。遇见好的东西我就想买给他，但他却从来没送过我任何一样东西。我的宿舍在山上，每次去水房打水，都是我自己提着上山，他走在我旁边，却从来没帮我提过。他唯一帮我提过的就是我买给他的东西。虽然我不在乎这些，但事实证明：我越是不在乎，他就越不在乎我。我又想到了我们的未来，我们俩的人生观和价值观差距太大，在一起肯定是没未来的。他是学习很好的人，因为发挥失常才考到我们这所二本大学，他的理想是考到名校读研究生。因为我是学生会干部，总是忙着学生工作，他表示过不满，说我这样会荒废学业，还让我辞职，每天跟他去自习室学习。

我跟他提出了分手，他企图挽留，但被我拒绝了。在爱情里，我是个自尊心很强的人，我愿意无条件地对另一个人好，那是在我以为他也深爱着我的时候，一旦我发现，这段爱情是我的一厢情愿，就会果断放手。巧的是，我和男友刚分手，初中的那个他就出现了。他在QQ上给我留了言，说他千方百计才找到我的QQ号。不夸张地说，看见他的留言后，我再次大脑短路了，跟中学时看见他叼着烟时一模一样的反应。

再没什么比失而复得更让人兴奋的了。他几乎每天都给我打电话，倾诉他在英国的生活。他在一家外卖店打工，除了给人送餐外，自己还鼓捣改装车。他把我加进了他建立的一个改装车群，那里都是玩车达人，只有我一个什么都不懂的人。混熟了，群友们就开我和他的玩笑，一口一个嫂子地叫我，真是叫得我既脸红心跳又心花怒放。

他终于对我表白了，说他一直就喜欢像我这样的乖女孩。我们开始了漫长的异地恋。先是每天煲电话粥，后来就是视频聊天，这种状况一直持续到我大三。那时候，我们已经没太多可聊的了，我对改装车本来就没兴趣，他对我的校园生活也提不起精神，无话可说时，我们就放歌给对方听，然后各干各的事。

有一天，我代表学校去参加一个活动，在活动现场，他给我打来电话，我说我现在很忙，回头再说吧。可能我的语气有点不耐烦，让他感到了什么，他后来跟我说，他还要在英国待几年，不想再耽误我了，我依旧可以把他当成大哥哥。我不置可否。显然，我们之间不光共同话题越来越少，激情也消失不见了。我们都年轻，未来的路还长呢！

他就像一只飞得很高很高的风筝，再次飞出了我的视线，可只要我愿意，还是能了解他的近况。三年前，在他的QQ空间里，我看见了一张他和未婚妻的合影。不知道为什么我突然伤心了起来，坐在回家的双层巴士上，眼泪止不住地往下掉。我们分手的时候，我都没有这么难受。我没法解释自己为什么会失控，也许是明白，我和他的一切都将变成再也回不去的从前，也许是发现照片上那个微胖的男人早已不再是曾经穿着格子衬衫、叼着烟的酷少年，又或者只是祭奠一段死去的爱情吧！

那年冬天过年的时候，他从英国回到了老家。我们见了面，他说我一点都没变。我说："你变胖了，也变丑了。"他咧着嘴笑，昔日叛逆少年的形象已经无影无踪。在老家的那些天，他每次呼朋唤友，都会叫上我。他真的像个体贴的大哥哥，接我的时候，都会打车到我家楼下，送我回来的时候也一样。没有一次例外。

第二年，他就结婚了，去年，媳妇给他生了个大胖小子，朋友圈里总能看见他晒娃，我威胁他："再晒娃，我就把你拉黑了。"他调侃我："你什么时候也生一个啊？"

"我是嫁不出去了，估计得孤独终老了。"

“不会的，你在我心里一直是个特别棒的姑娘。”他严肃了起来。

朋友们怀疑我找不到男朋友是因为放不下他，但我可以确定，我已经不爱他了，他只是封存在我记忆中的一个珍贵的人。但我将来要找的人，也一定要像他那样，觉得我是一个特别棒的姑娘才行。就像台湾作家林清玄说的那样：我们只有一条命，要卖给识货的人。

真心付错人，怎能走到红毯那一端？

受访者：李想

性别：女

年龄：30

职业：管理咨询师

采访手记：在从上海飞往北京的飞机上，我遇见了李想，她正巧坐在我旁边的位置上。一开始我们都没有同对方说话的打算，她在无聊地翻看航空杂志，我在一边听歌一边写故事。直到空姐发饭，我合上笔记本，她才跟我搭话：“您是作家吗？”她语气里的尊重让我十分受用。“只是一个喜欢写故事的人。”我侧过头，这才认真地打量起她：她眼睛不大不小，但两眼间的距离有点宽，鼻梁不高，薄嘴唇上涂着红色的唇膏。她的头发是中分的，别在了耳后，长度刚刚没过耳垂。她穿了一件黑色的小西服外套，看起来很职业。

我们闲聊了一阵，她对我写的故事似乎很感兴趣。临别前，她塞给我一张名片，笑着说：“认识你是一种缘分，不知道你愿不愿意听听我的故事？希望你能联系我。” 我的答案当然是愿意，于是我听到了一个悲伤的故事，在这个故事中，李想把对方当成了知心爱人，对方却把她当成了“观音菩萨”。

口述实录：

披上白色婚纱，打扮得像公主，跟自己所爱的人在神明前宣誓，爱彼此，至死方休。这应该是每个女孩的梦想吧！可惜，我想要的人，并不愿意帮我完成这个梦想。

他比我大十岁，离过一次婚，但还是天真烂漫的，这也是我喜欢他的原因。我们相识在一个行业的大会上，我当时在公司算是小有名气，而他是刚创业入行的新手，什么都不懂。他觉得我特别厉害，那天活动结束后，他请我喝咖啡，咨询了很多问题。

我们俩是异地，他在上海，我在北京，聊完的第二天，我就飞回了北京，我们也再无联系。第二年，我去参加行业大会的时候，又遇见了他。晚上，他提议找个地方吃饭。我欣然接受了。那是一个烧烤店，坐下来后，他就开始畅聊自己的人生，说到动情处，还一把鼻涕一把泪的。我一下子就被他的曲折经历吸引住了。

他爸爸以前是自来水公司里的一个领导，他家是姐弟俩，姐姐学习好，考上了复旦大学，后来又在世界500强的公司做高管。他呢，不学无术，大专毕业后，直接进入了自来水公司，每天的工作就是抄水表，没有任何技术含量。他总想做点什么事，让家里人高看他一眼。后来，他和他姐夫成立了一家贸易公司，他负责拉客户，天天陪人应酬，喝酒喝到胃穿孔，但业绩特别突出，公司80%的业务都是他拉到的。

可他当时的老婆对此很不满意，觉得他只忙着赚钱，就闹着要离婚。他不肯，他老婆一气之下去美国留学了。他也跟着去了，基本上一年在美国待那么一两个月吧，可他老婆还是对他爱答不理的，他没事儿干，就天天到小公园里躺着，有时候一觉醒来，还会在身边发现几枚硬币……后来，真的是空虚无聊到极点了，他想找刺激，又吸毒了。婚姻这回是彻底保不住了，和老婆离婚后，他的生活堕落到了极点，连把钱当烟点了这种电视剧的桥段，他也干过。他那时候觉得自己有的是钱，这辈子也花不完。可无论怎么作，他都开心不起来，觉得人生根本没意义。他开着车，带着他家的狗狗，开始浪迹天涯，他就想，说不定哪天就死在路上了，也挺好，一了百了。

那是2008年，汶川地震了。有在四川做志愿者的朋友给他打电话："土豪，你要不要来赈灾？"他买了一车的物资，就去了，纯属好奇，没有救死扶伤的崇高想法。结果到了那儿，却发现推开了一扇门，门外的世界，跟他以前的世界截然不同。在汶川待了一个月后，他和认识的一个志愿者创业了。反正手里的钱点烟也是点，还不如做点对别人有意义的事儿。可他没受过任何职业训练，除了抄表和陪人喝酒就什么都不会干了，甚至连邮件都不会写。他说，他第一次看见我的时候，就像见到了观音菩萨，觉得我厉害极了，是他事业上的指引者。一个男人，一把年纪了，掏心掏肺地跟我说了这么多，我挺感动的，觉得他好天真，好有趣。同时呢，我也被他吹捧得善心发作了。我的确具备资源和技能去帮助他，我也愿意帮他的人生开启一个新篇章。

那天，我们一直聊到了下半夜2点，从饭馆出来的时候，街上已经没有人了。他把我送到了酒店，在我要进房间前，他突然亲了我一下，亲的是脸。然后，他就转身走了。我第二天也飞回了北京。从此我们就开始了每天通电话，但谈的都是工作的事，他需要我帮他解决问题，写邮件啊、策划方案啊什么的。我抱着“救死扶伤”的念头心甘情愿地帮助他。

那年的清明节小长假，我打算去厦门玩，已经订好了机票。他知道后，说他也没去过厦门，就买了张机票也飞到了厦门。在厦门的那三天，我们去鼓浪屿、曾厝垵，骑着双人自行车环岛，吃沙茶面、海蛎煎、土笋冻……那是我和他在一起最快乐的时光。同时，我们也确定了男女朋友关系。

以前，我对他的心态是竭尽所能地帮助，不求回报，他不都说了嘛，把我当成了观音菩萨。可确定了男女朋友关系后，我对他有了更高的期待，不再满足于只是在工作上帮助他。我希望他把我当女朋友对待，而不是一个工作上的帮手。我们应该像任何一对普通情侣那样，说说甜蜜的情话，但他的频道却始终没有调整过来，他跟我谈的永远都是工作上的事。我说：“咱们俩除了工作能不能聊点别的？”他说：“这样不是挺好的嘛，除了工作我也不知道能和你聊点什么啊？” 他那时候也总爱跟我讲他和他合伙人的矛盾。那个合伙人是女孩，整天骂他不学无术，他也看不上那女孩，说她能力不行。我跟他说："你能不能不要老聊她？我们俩之间除了她就没别的话题了吗？"

我对他越来越不满意了。虽然后来我们还一起去过凤凰、阳朔，但每次都以吵架结束。我越来越不能控制自己，总是像个怨妇似的质问他："你到底想怎么样？你把我当成什么人啊？"他也不回应，我就像一拳头砸在了棉花上。

我们俩毕竟是异地，见面的次数一只手都数得过来。可当我问他"你想我吗？"时，他从不正面回答。我对这段感情越来越没信心，理智上，我知道我该放弃，可当一个女人真正爱上一个男人的时候，根本理智不起来。后来我逼他对我表态，他说他还没走出离婚的阴影，没勇气再结婚。我知道我跟他不会有结果，但不死心，心里还抱有一丝幻想：总有一天，他会为我改变呢，我愿意等他。

他当时创业并不顺利，一方面是跟合伙人分歧太大，一方面觉得自己什么都不会，特别无力。再加上2010年股市大跌，他和他姐夫分家时扔进股市的1000万元都变成泡沫蒸发了。我们刚认识的时候，他还穿阿玛尼的衣服呢，和他在一起后，他就开始逛优衣库了。我想陪他度过这段低谷期，既然当观音菩萨了，就要当到底。

2011年“十一”国庆节，我们计划去杭州，但他临时有事，放了我鸽子，我一个人在杭州玩得很不开心。回北京前，我先飞到了上海，想给他个惊喜，还准备晚上一起吃个饭，我再飞回北京。可他却说要跟客户吃饭，不能陪我。我真的失望透顶，跟他大吵了一架，他说我是无理取闹。我一个人去了机场。路上，我的眼泪就像豆子一样，噼里啪啦地往下掉。回想我和他在一起的18个月，除了厦门的甜蜜之旅，再无别的回忆了，他根本不爱我，只把我当作他事业上的拐棍……

分手以后，我痛苦得度日如年，忍不住去翻他的微博，他却像个没事儿人一样，该干吗干吗。我真是心如刀割，为自己曾经付出的真情、时间和精力感到不值。我告诉自己，要离这个人远远的。那时候，正好有人追我。对方是我的大学同学，也在上海工作，我虽然不爱那个同学，却一直暧昧着，也不知道是要报复自己，还是报复他。

半年后，我又在上海的行业大会上遇见了他。看见他的时候，我就知道，我完了。我恨他，怨他，却没办法控制自己爱他。我就是犯贱吧！我也不想这样，但他完全吃定我了，我甩脸子给他看，他却嬉皮笑脸的，好像我们之间什么都没发生过一样。

当天晚上，我那个同学坐了两个半小时的车来找我，要跟我吃饭，被我拒绝了。我脑子里装的只有他，越看我那个同学越觉得不顺眼。我把我的同学打发走了，和他去吃了饭。当晚，我们就住在了一起。我就这么轻而易举地原谅了他，而他甚至都没跟我道过歉。

复合后，我对他的心态也变了，我放弃了改造他的念头。我想，既然我没有办法不爱这个人，那我就好好享受这段爱情吧，就算他不会跟我结婚、生小孩，我也愿意留在他身边。这时，他已经和之前的合伙人闹掰了，又换了一个新合伙人。这个新合伙人是个男的，还是个gay。我后来才知道，怪不得这半年来，他没联系我，原来这个新合伙人扮演的正是我从前的角色，帮他写邮件、方案、解决工作中遇到的一切麻烦。更巧的是，这个新合伙人跟我是同月同日生，他整整大我一轮，我们俩的星盘也几乎一样。

当时他们想到了一个新项目。他那时候已经没什么钱了，说要卖掉500万元的房子，和那个新合伙人凑够1000万做这个事情。我坚决反对：投资这些高科技的东西，就像个无底洞，你又不懂，花钱就是打水漂。我的分析让他的新合伙人很不高兴，他觉得我在泼冷水，是目光短浅。

所以，我们复合后的矛盾不再是我和他之间的矛盾了，而是他夹在我和他的新合伙人中间的矛盾。跟从前那个女合伙人不同，他和现在的新合伙人关系特别融洽。新合伙人会说这样的话："你这样，我会很难过的。"或者，"现在的你，我觉得好陌生。"就跟演电视剧似的。我是说不出这种话，也受不了。

他们的关系之好让我不得不怀疑他的性取向，但他一口咬定，我在污蔑他，他是个纯爷们，是直男。可就算他是直男，不搞同性恋，在他心中，那个新合伙人的位置也已经高过了我。发现这个问题是一天晚上，我们俩正腻歪在一起呢，他接到了新合伙人打来的电话，因为他做的一件事，新合伙人很不满意，打电话跟他投诉。放下电话后，他就魂不守舍了，没跟我说一句话。新合伙人对他情绪的干扰程度真是让我寒心，就连我们分手时，他都没这样魂不守舍过。

我不得不得出一个结论：他对那个新合伙人的在意程度远远超过我。更可悲的是，我虽然是他的女朋友，但在我们三个人的关系中，我竟然像个第三者。我比不过他的新合伙人，我和他是异地，那个新合伙人就在他身边，当他有工作需求和人生困惑时，他可以直接找他的新合伙人，不再需要我了。更何况，我需要他负责，那个新合伙人却不需要他负责。我必须停止了，虽然被一个同性恋打败很好笑，但也好过被一个女人打败。我还安慰自己：这样也挺好，反正跟他也是没结果的，因为我们两个人想要的东西不同。他想要的是“观音菩萨”，而我想要的却是一个知心爱人。长痛不如短痛。

此后，我们还保持着断断续续的往来，就像朋友。可我万万没想到的是，一年后，我竟然接到了他第一个合伙人的电话。对方告诉我，他们俩在一起了。还叮嘱我，将来他们结婚的时候，我一定要去参加婚礼，他们会给我买往返的机票。

我本来平静的心情被她这番话搅得犹如火山喷发，我难以相信他们两个会在一起，他以前一直在讲这个女人的坏话啊！挂了电话，我就给他发了信息：“作为一个男人，你要敢做敢当。你跟谁在一起都没关系，但你不能这么侮辱我，让你女朋友来告诉我这件事，你对我造成了很大的伤害。”

他隔了很久才回复我，说他就是很㞞，不敢告诉我。我说，我是不会参加你们的婚礼的，往返的飞机票就免了吧！他很惊讶，说他是不会和她结婚了。然后又承认，他是因为喝多了，酒后乱性，和她发生了关系才在一起的。我心里稍微好受了一些。我宁愿他跟他的新合伙人在一起，也不想他跟别的女人结婚。我知道这样想很幼稚，他跟谁在一起跟我都没关系了，可我还是在乎他。

我知道很多人会为我不值，觉得我是个大傻瓜，何苦为他这么一个男人用情至深。可不是每个人都那么幸运，一上来就遇见对的人。以后，我不会再做别人生命里的“观音菩萨”了，我要做他生命里的爱人。我仍然相信爱情，也幻想着有一天，能披上婚纱，打扮得像公主，跟自己所爱的人在神明前宣誓，爱彼此，至死方休。

我对婚姻没有向往，我想要的是人生的盟友

受访者：克莱尔

性别：女

年龄：25

职业：插画师

采访手记：克莱尔在美国读的大学，去年刚刚回国。她之所以称自己为克莱尔，是因为一部叫《纸牌屋》的美剧。她非常羡慕剧中男主角弗兰克与女主角克莱尔的盟友式婚姻。这多少让我有些吃惊，《纸牌屋》中的盟友式婚姻直白点说就是相互利用的政治联姻。一个25岁女孩的婚恋观为何如此现实？我对克莱尔很感兴趣，于是约她在一

家咖啡厅见面。

我到时，她已经坐在了二楼靠窗的位置上，正仰着头喝咖啡。她穿了一件白衬衫，微卷的长发披散在肩头。我跟她打了声招呼，她放下手中的咖啡杯，冲着我露出礼貌但有距离感的微笑。她画了黑色的眼线，涂着深红色的口红，看起来比实际年龄要成熟。当她开口说话时，这种超越年龄的成熟感再次扑面而来。“我的婚恋观不能代表‘90后’，也不够主流。”她声音不大，语速不疾不徐，透着一股淡定，“我渴望爱情，但不相信爱可以天长地久，当然更不会相信那种所谓的靠爱支撑的婚姻。”她现实得近乎残酷。可当我静静地听完她的讲述，却发现，原来在那她看似无情的情感观背后，隐藏着一颗受伤的心，而这颗心可能一生都无法治愈。

口述实录：

对我婚恋观影响最大的是我的原生家庭。在我10岁那年，我爸妈离婚了。他们原本是别人眼中的金童玉女，大学同窗四年，当年写的情书摞起来都快赶上半个书桌高了，直到现在我妈都没舍得扔掉。他们相亲相爱了二十年，甚至没吵过架，但说离就离了。我爸再娶的女人，比他小十来岁，颇有点姿色。但没念过大学，只是百货公司的售货员，也离过婚，还带个小孩。

我爸离开后，我妈很痛苦，情绪也不稳定。她把全部的希望寄托在我身上。她希望我将来能念名校，但我不是学霸，尤其是数学和物理成绩差得一塌糊涂。每次考试，她压力都比我大，考不好，她比我还难过。她经常因为我的学习问题跟我吵架，气急了，会摔门而出。你能想象吗？一个四十多岁的中年女人，气呼呼地摔门走了，把十几岁的女儿留在家。多幼稚啊，也不知道到底谁是青春期少女了。高中时，我读了住宿学校，真的是松了一口气，不然，我和她都会发疯的。大学时，我又跑到美国加州读书，去年才回国。

回国后，我在我爸和后妈家住了一阵子，这是十多年来我第一次跟他们住。我也是第一次看到他俩真实的生活状态，我觉得还挺和谐的。我爸什么家务活都不用干，不刷碗、不洗衣服，回家就坐着等吃饭，吃完饭就躺着看电视、睡觉。后妈甚至还开车接送他上下班。虽然我妈也是贤妻良母，但不可能这么无微不至地照顾他。

我妈是女强人，在事业上有很强的进取心，我爸能当上大学教授，跟我妈在他身后拿着小皮鞭子抽不无关系。我爸没什么野心，不求名，不求利，衣食无忧后，他就不想再被抽着打着向前进了。他们离婚的时候，我妈为了挽救婚姻做了很多的努力，不停地劝我爸，单位同事也在劝，但当时无论怎么劝，我爸就只有一句话：“我要为自己活一次。”显然，他现在过上了梦寐以求的理想生活。

我是在我妈诅咒“那女的怎么还不去死”的声音中长大的。当年我完全不能理解我爸，觉得他找了别的女人，那就是绝对的错误。可现在长大了，明白了事物的复杂性，它不是只有对和错两面，人有时候就是做个选择，想要的和不想要的。

我曾对那个女人深恶痛绝，但现在发现也不是这么回事。如果说她真是个傍大款的，就给自己买鞋、买包了，但她是个会过日子的人，自己穿得很普通，最好的衣服是买给我爸的，家里有什么好吃的也是先给我爸吃，你说我爸的命怎么就那么好呢？但我无法理解的是，我爸作为一个高级知识分子，竟然一点不在乎精神层面的满足，这常常让我陷入深思。我爸却说：“精神层面的满足不重要，男人永远都喜欢年轻漂亮的女孩。”

在这样的环境中长大，我虽然期待爱情，却不相信爱会天长地久。我也不信任何人，尤其是男人。这么多年来，我没找过固定的男朋友，我很难跟别人建立稳定而长久的关系。我人生中第一次感到前所未有的孤独是在美国的最后一年。那天，我骑自行车摔倒了，右脚脚踝压伤。我打了一圈电话，却无人接听。最后我拨了911，警察来救的我。被救护车送到医院后，我在急诊室等了三个小时。美国急诊室就这样，像我这种脚踝压伤是小事，放眼望去，全是血肉模糊的病人，也都照样等着呢！可当我孤零零地在病床上等待时，脑子里情不自禁地飘起了孤独和忧伤的调子。

我当时有一个交往对象，我们还不是男女朋友，他是个美国人。美国流行的约会文化是这样的，在两个人变成男女朋友之前，要先试验一段时间，看看是否适合。大家都有这种共识，但在中国，这种应该就会被叫作耍流氓了吧？在我受伤期间，我的这个交往对象借口工作忙，一直没来看我。我们自然是玩完了。那两个多月的时间，我都无法走路，必须靠拄拐。但拄拐太累了，我基本就是爬着走，在我那个小公寓里，我从厨房爬到厕所，又从厕所爬到卧室。人就是这样，一旦肉体遭到了折磨，精神也容易萎靡不振。我当时就觉得好孤独啊，以前觉得无论遇见什么事，自己都能解决，可真遇上事了，发现一个人总有不灵的时候，很想身边有个能照顾自己的人。

我对婚姻虽然没有向往，但我却渴望能有这么一个人，无论发生什么事都在我身边。可归根结底，人是不值得信任的，所以，我和这个人之间的关系除了爱情之外，更多的应该是共同利益。也就是说，我想找的是一个人生的盟友，我们之间是彼此依存共生的关系，更像是婚姻的合伙人。

结婚前，我们要谈好将来离婚时，财产该如何分割。这是一个很现实的问题。我经历过分家分财产，我爸妈就是相信他们能白头到老，才什么都没谈。那时，家里所有的财产写的都是我爸的名字，最后离婚时，是平分的财产。按理说，像我爸这种出轨的过错方，理应净身出户。事到如今，也还涉及着分财产的事，就是将来我爸去世后，财产要留给谁？毕竟那个后妈也有孩子。我妈的想法就是：凭什么分给那女人的孩子啊？又没有血缘关系！但如果我爸愿意，不也没办法吗？

我也会在婚前跟对方约定好，如果他出轨，要么净身出户地离婚，要么瞒我一辈子。虽然后者就像掩耳盗铃，但我能接受男人家里红旗不倒，外面彩旗飘飘。因为男人在外面肯定会有彩旗的，我不信我喜欢的男人，没有别人喜欢他。再说，两个人在一起久了，难免会有间隙啊，就会出现小三。那既然男人都会出轨，离婚还有何意义呢？反正下一个对象还是会出轨！

我理想的婚姻关系是《纸牌屋》里的克莱尔和弗兰克那种。他们是彼此的灵魂伴侣，弗兰克曾把对克莱尔的爱比作一种本能，他说："我爱克莱尔就像鲨鱼嗜血。"克莱尔之所以会选择弗兰克也是因为最懂自己的人莫过于弗兰克。弗兰克曾这样向她求婚："克莱尔，如果你想要的只是幸福，那就拒绝吧！我不会跟你生一堆孩子，然后数着日子等退休。我保证你免受这些痛苦，也永远不会感到无聊。"尽管婚后，他们各有情人，但却不会离婚，因为他们是同类，是利益的共同体，更是彼此再好不过的盟友。

如果有一天我结婚了，也是因为找到了我的婚姻盟友。当然了，如果真的有这么一个盟友，就算不结婚也无所谓。说到底，我想要的不过是一个能跟我并肩前进的盟友，而不是户口本上的丈夫称谓。

婚姻可能是灵药，也可能是毒药

受访者：小奇

性别：女

年龄：30

职业：公司职员

采访手记：我们在爱情上最容易犯的一个错误是：如果一段感情谈了很久，即使发现对方并不适合自己，也不舍得放手。更不幸的是，如果对方愿意与你结成伴侣，你还会带着可笑的幻想走进婚礼的殿堂，以为婚姻是解决你们问题的灵丹妙药。为什么我们会这样犯傻呢？因为我们真的爱过。就像下面故事里的小奇一样。直到采访结束，她都不忘跟我说：“我不希望你把他当成渣男，毕竟我们曾经相爱过。”可惜爱得越深，伤得越重，在眼睁睁地看着自己珍惜的那份爱摔得粉身碎骨时，小奇曾喊出“就是死了，我也不想和你埋在一起”这样的狠话！如今，她和他的感情就像林宥嘉《心酸》中唱的那样：“我们曾相爱，想到就心酸。”

口述实录：

我有过一次失败的婚姻，其实早在结婚前，已经有种种迹象表明，这段婚姻注定会失败，但我就像个盲目的瞎子，不知道自己的底线在哪里，只知道一味地纵容他，对他好，最后还义无反顾地嫁给了他。

他是我的初恋，认识他时，我才23岁。那是我目前人生中最好的时候，我皮肤白皙，身材苗条。他曾对我非常好，哪怕我们之间后来经历了那么多不堪，我也不会否认这点。每天早晨，他会起床给我买早饭，还会接送我上下班。出门旅行，他会准备好一切，不用我操任何心。看见漂亮的东西，他觉得我会喜欢的，也一定会买给我。我的腰不好，他带我去做按摩，也从来不让我拎重的东西。搬家的时候，大件的行李都是由他打包的，他几乎没让我动手。

慢慢地，我变得特别依赖他。那时候，我的人生中除了他，似乎再也没有别人了。我的一切爱好都以他为主，他喜欢做什么，我就做什么。我变成了重色轻友之人，只跟他的朋友出去玩。如果现在让我形容我们之间的感情，那就是：一个小女孩爱着一个小男孩，非常地不成熟。

我们恋爱一年多就同居了。同居以后，我才发现，他有很严重的问题。那时候，我睡觉早，但他睡得晚，半夜了还在玩手机。我问他干吗呢？他倒是不撒谎，说在和一个女性朋友聊天。他们俩很早就认识了，对方在酒吧工作，晚上无聊，会和他闲扯几句。我当然不开心了，和他吵架，他就带我去见了那个女性朋友，对方果然是个酒吧的服务员，我也就不再胡思乱想了。可紧接着，他又和一个女网友聊得火热。为了表达对我的忠心，他会把他们俩的聊天记录给我看。直到有一天，他要和那个女网友见面才彻底激怒了我。我又哭又闹，他却指责我对他缺乏信任，不给他空间。最后我以分手相威胁，他才没有再和那个女网友联系。

后来，他失业了。我觉得没什么啊，我相信他一定会找到满意的工作，我能做的就是不离不弃。那时候，我每个月2000块钱的工资供我们俩人生活。过了半年，他才找到赚钱的营生——打游戏。那时候，他一个月最多能赚到1万块钱，最少也是8000块钱，是我工资的四五倍。虽说这看着不太靠钱谱吧，但我却觉得他好棒，连打游戏都能赚到这么多钱。每天下班，我就打包他喜欢吃的东西到网吧找他，陪他待到10点，再一起回家。

我们决定结婚是在恋爱的第四年，当时周围没人看好我们俩。他一直没找到正经工作，怎么看都像社会闲散人员。我也不知道自己该不该嫁给他，他是一个几乎没有自我约束能力的人。但毕竟我们之间有感情了，他是我的第一个男人，我也希望他是我的最后一个男人，我不愿意和别人再重新来过。而且，我还抱着幻想，认为婚姻是解决一切问题的灵丹妙药，只要结婚了，他肯定会变得成熟、靠谱。结果，我的婚姻非但不是灵药，反倒成了毒药。

结婚以后，他依然如故。我们最后一次一起出去玩是和几个朋友K歌。他中间消失了两个多小时，怎么打电话都不接，我很着急，不知道他去哪里了，找了他几次也没找到。后来，他终于回来了，说是去游戏厅拍老虎机了。

我是一个急脾气，他总怨我对他太强势了，为此我们不知道吵过多少次。其实我只是太在乎他了，哪怕他和朋友的关系处理得不理想，我都会冲上去帮他解决。但这次我没发火，只是很平静地跟他说：“你看看身边的人，大家都开始有自己的事业、自己努力的目标了，而你还在玩，你不能总这么不接地气。是时候脚踏实地地走好每一步了，我知道迈出第一步很难，但我会陪着你走。”

他说：“老婆，你说得对，只要你不生我气，我都听你的。”

“别光听听，走走心吧！”我只回了这一句，我太了解他了，他是那种当时觉得自己不好，是真的要改，但睡一觉醒来就全忘干净了的人。

果然，那之后没几天的一个晚上，他趁我睡着，偷偷地把我的信用卡拿走，去拍老虎机了。一直到早上我才发现。他输得信用卡都透支光了才回来。我坐在家里放声大哭，觉得日子没法过了。他被我哭烦了，冲我嚷道：“还不是你逼我赚钱？要不我怎么会玩这么大？”他还把这一套理论说给他妈妈听，结果他妈妈指责我说：“你为什么不把卡藏好啊？你为什么不改密码啊？你这样逼得我儿子想去死啊！”

隔天晚上，他就跟我提出了离婚，原因是我脾气太大，又强势，对他妈妈还不好。我知道是他妈妈在背后挑拨的，坚决不同意。他还放狠话：“如果你不离婚，我就去法院起诉你。”我崩溃了，觉得自己好像被骗了一样，我家电都买好了，刚放到新房里，这正准备着办酒席呢，他们全家却来这么一套。我说：“你起诉吧，起诉我也不会离婚。”他又说：“不离婚也可以，但有条件，你得答应我家人来和咱们一起住，还有啊，你要收敛你的脾气，不要什么事情都管着我。你是有考察期的，如果一个月后你还是这样，咱们还得离。”

这件事就这样过去了，我一个人回到了老家，心里难受得不行，却不敢跟爸爸妈妈说，怕他们为我担心。我妈妈当时一直在规划为我买一辆车当嫁妆。有一天，她在聊到底要买什么车的时候，我突然醒悟了，我意识到自己不能再这么稀里糊涂地过下去了，我不能把爸爸妈妈赚的辛苦钱搭进我要散黄儿的婚姻里。

我动身回去，他来火车站接的我。我态度很好，他说什么就是什么，我不再给他任何意见，他反倒觉得奇怪，跟我说：“媳妇你咋了？我怎么说什么你都觉得行呢？”我说：“我真的觉得挺好的，就按你的意思办吧！”当天晚上，他就呼朋唤友到我们家去了，使唤我干这干那，我就照做。之后，他们又出去玩了一个晚上。这要是在以前，我肯定是一遍遍地打电话催他了。但这次，我没有打电话给他。

我的转变让他得意忘形，他在他妈妈和朋友面前会表现得对我满不在乎，但只有我们两个人时，他又会变得温柔。那段时间，我不跟他闹，也不再管他，他就像一匹脱缰的野马，夜夜笙歌。他不在家的每个晚上我都睡不着，眼泪从天黑流到天亮。一是觉得自己很失败，确实在相处中做得很不好；二是对他失望至极，我起码初衷是为了让我们俩更好，可是他却耳根软听他妈妈和朋友的挑唆。我知道是我的一再纵容才导致他越来越过分，是我的底线失守才让他这么明目张胆地欺负我。

人承受压力和伤害的能力是有限度的，一旦到了某个程度，会开启自我保护机制。我的自我保护机制就是在那个时候开启的，我不想再被他伤害了，我无法让自己在这样痛苦的婚姻中继续下去了。下定决心离婚后，我变得异常冷静。我开始找律师咨询，因为他之前不是说过要打官司嘛，我要留一手。在律师的点拨下，我开始翻他的钱包，发现了洗浴中心的卡，我查他的聊天记录，发现有很多约炮软件，打开都是老公老婆地叫着。晚上，我就去洗浴中心找他或他朋友的车，每次都一找一个准儿。我真的是，连一分钟都不想待在这段婚姻里了。有天中午，他刚睡醒，正拿着饼干吃呢，我就跟他摊牌了。

"你觉得这样过有意思吗？"

"你又想干啥？老毛病犯了是吗？"

"我只想问你，你觉得你这样过有意思吗？"

"咋了，又想离婚是吧？"

"好，那我们离婚吧！"

"离就离，反正我也不想和你过了。"他把手里的饼干给捏碎了。

我背起包就往外走，等电梯的时候，他突然出现把我拖了回去。他开始撕我的包，把我手机什么的都拿了出来，说这些都是他给我买的，让我还给他，连戒指也要走了。然后，他用手顶着我的脖子，吼道："想离婚是吧？不如咱们一起去死啊！"我没有挣扎一下，很冷静地跟他说："你想咋样都行，不过，就是死了，我也不想和你埋在一起。"他气疯了，把家里的东西全砸了，我打电话报了警，在警察局待了一下午，直到晚上我爸妈来接我。当晚，他不让我进家门，我们就住在酒店里。

第二天，我们到一个咖啡厅谈的离婚。他妈妈说话很难听，但我都无动于衷，因为我了解他，只要我反驳一句，他就不会离婚。在拟好的离婚协议上，我们双方都签了字。我是净身出户。我爸早就跟我交代过，买房子，我们不出钱也不装修，房产证我们也不要求写名字。这个世界太浮躁了，如果以后出了什么事情，咱们不和他们扯皮。结果还真被我爸说中了。结婚的时候，我只买了家电，这点也一直被他家诟病。但离婚时，我连家电都没要，只带走了那张被他透支的信用卡。后来，我用了一年半时间才还清这笔欠款。

当天下午，我们就去民政局办了离婚手续，可他没带结婚证，还是我回去取的。我看见他在朋友圈里发“我终于解脱了，自由了，她跪下求我不要离婚，但我就是不想要她了”诸如此类的话。也许真是心如死灰了，我竟然没什么感觉。离完婚，我就跟爸妈回老家了。他开始不停地给我打电话，我不接，他就打给我妈妈，我很不高兴他骚扰我家人，接过电话，质问他找我干吗。他态度很好地说：“你看你连电话都不接了，咱们不做夫妻还能做朋友啊！”我冷笑着说：“我人生中最后悔的事就是跟你耽误了这么多年，以后我们再也不要联系了，一辈子都不要联系了。”他被激怒了，对我破口大骂。

没过多久，他妈妈又给我打电话，说这么多年我花了他儿子很多钱，想要我还钱。我大发雷霆：“你让你儿子来我家闹吧，我不怕丢人，只要他敢来，你信不信我能打死他？你还向我要钱，你儿子穿的衣服都是我买的，我要过钱没有？你儿子送我的生日礼物我都还了，连戒指都给他了，我给他买的电脑、游戏机，我要了吗？我妈妈给你儿子见面礼1万多，你们家还我了吗？你儿子半年多不上班，是我养的他，你还有脸来跟我算钱？”他妈妈挂断了电话。

他最后一次给我打电话是要我陪他看一个生病很严重的朋友。我干脆地拒绝了他。那之后，他就开始恨我了，到处跟人说我有多坏、多渣。他妈妈还把我的照片洗出来，只要有朋友去家里，就拿照片说，这是我儿子以前的媳妇，可不是东西了。这些都是我最近联系到的一些朋友跟我说的。

朋友们都说我很有勇气重新来过，其实决定只是一瞬间的事，但做决定前的彷徨期和做完决定的后遗症却是漫长的。刚离婚那段时间，我整夜失眠，找不到工作，没什么积蓄，还有信用卡的钱要还，精神压力非常大。我的脸色蜡黄，身材也开始走样。有时候在路上走着走着，眼泪就掉了下来。有一天，我走到我们老家的一座大桥上时，又哭了起来，觉得太痛苦了，更痛苦的是，我不知道这痛苦的尽头在哪里。看着桥下流动的河水，我脑子里突然冒出三个字：跳下去。这简单的三个字散发出无穷的蛊惑力。但我马上想到了我的爸爸妈妈，跳下去我的痛苦是了结了，可会给他们带来更大的痛苦，他们是这个世界上最疼爱我的两个人，我不能那么自私，只顾自己的感受。

也许那一刻就是我触底反弹的时候吧！我告诉自己，不能再沉浸于痛苦中了，我要站起来，无论多难，我都要站起来，不能再这么瘫痪地生活了……其实到现在，我也不算彻底走出谷底，但我真的站起来了。我努力工作，每天坚持跑步，打算参加半程马拉松，还想系统地学习做甜点。我发现自己对很多事情都感兴趣。我真后悔浪费了那么多年的时间去依赖一个人，依赖婚姻这件事。回头来看，我要感谢老天，在我扬扬得意，以为只要结婚了，什么都不用干，幸福就会主动来敲门的时候，狠狠地教训了我一顿。我现在才知道什么是珍惜，什么是爱自己，什么是好的生活。

现在，我特别想要一份纯粹、真挚的感情，两个人相互依存，但又不过分依赖，我们都有独立的个性、独立的经济来源但又可以给彼此温暖。有人跟我说："你都30岁了，还二婚，找个差不多的赶紧嫁了吧！别再挑了！"我笑着告诉对方："正因为我30岁了，有过一段糟糕的婚姻经历，所以更不能将就，反而要讲究。"我知道未来的路还很长，但我有信心。今天风很大，树叶飘落一地，冬天到了，虽然很冷，可想到能看到雪花飘落，心情也是棒棒哒！

THE

END